暗语

THE SECRET WORDS

吴越 著

天津出版传媒集团
百花文艺出版社

图书在版编目（CIP）数据

暗语 / 吴越著. -- 天津：百花文艺出版社，
2023.9
ISBN 978-7-5306-8648-5

Ⅰ . ①暗… Ⅱ . ①吴… Ⅲ . ①中篇小说-小说集-中国-当代②短篇小说-小说集-中国-当代 Ⅳ .
①I247.7

中国国家版本馆 CIP 数据核字(2023)第 153222 号

暗语
ANYU

吴越　著

出　版　人：薛印胜
选题策划：汪惠仁　　　　　编辑统筹：徐福伟
责任编辑：邱钦雨　　　　　美术编辑：郭亚红
出版发行：百花文艺出版社
地址：天津市和平区西康路 35 号　邮编：300051
电话传真：+86-22-23332651（发行部）
　　　　　+86-22-23332656（总编室）
　　　　　+86-22-23332478（邮购部）
网址：http://www.baihuawenyi.com
印刷：山东临沂新华印刷物流集团有限责任公司
开本：880 毫米×1230 毫米　　1/32
字数：115 千字
印张：7.25
版次：2023 年 9 月第 1 版
印次：2023 年 9 月第 1 次印刷
定价：58.00元

如有印装质量问题，请与山东临沂新华印刷物流集团有限
责任公司联系调换
地址：山东省临沂市高新技术产业开发区新华路 1 号
电话：(0539)2925886　邮编：276017

目录

大雨抵达的时刻

一

她早已习惯这样走在人群里,一只手紧紧抓着手机,另一只手不断把下滑的单肩包包带拉回肩上。以往她总是觉得缺少他人的注意等同于自己的存在被判处死刑,现在她反而很喜欢这样。一束束目光从赵莉莉的脸上跳跃到衣着上,然后平淡无波地去注视下一个人。这样的目光才能让她觉得自在:短暂、不充满过分的热情,如同落在水面的蜻蜓,飞走就再无痕迹。

这给了赵莉莉充分的思考时间。走路时她习惯装一点事情在脑袋里,一小段路脑中常有灵光乍现的时候。最近她有些睡眠不足,夜里有时接到一些莫名其妙的电话,并不是手机系统能自动标记的骚扰电话,看上去倒像是打错的。这使她这些天都不太有精神。不过她还是在想是否要离开,有太多需要考虑的事情。赵莉莉一闲下来就抽出一两件来想,越想越缠绕成一团乱糟糟的毛线球,无法敲定一个结果。

她从地铁站走出来,正撞上晚高峰,必须分出一半心来看路,避免撞到走在前面的人。地铁站里的冷气开得很足,凉风吹在赵莉莉裸露的手臂上,使得手臂和腹部为两种温度,这种明显的温差让她加快了脚步。

时间是晚上七点半。她的腹部随着她的下班时间调整了饥饿的时机,街道两侧的路灯啪的一声齐齐亮起,一切都是刚刚好,正如一阵突如其来的喧闹打断了她思考的进程。这是她第一次注意到这个角落。这个散发着异味的角落常常让人屏住呼吸自觉加快步伐,以至于无人关注这个处于闹市区的角落。

赵莉莉刚想凑近去看看发生了什么事情,手机屏幕却突然亮了,有消息进来。

今晚八点半前给我。

一条微信消息从手机屏幕顶端跳出来。上一条已经被新的一条给覆盖,大概是工作任务的具体要求。赵莉莉叹了口气,没有点进去看,而是把一直抓在手里的手机扔进了包里。

脑袋有些沉重。为了放松,她开始想象自己会在这个角落看见什么。偶然倒地的行人身侧围着一圈急于拨打救护车的热心群众,污水裹着新鲜的灰尘进了下水道。人群的缝隙里好多个形状不一的后脑勺。人影幢幢,如一堵堵厚实的墙,赵莉莉失去了挤进人群的兴趣。

究竟发生了什么事情?赵莉莉彻底结束了今天的工作后和男朋友白格说起这件事,噼里啪啦地敲键盘打了一大堆字,一条接着一条发送消息。

白格隔了许久才回复她的消息,说正在打游戏,然后又发了一行哈哈哈哈哈。

赵莉莉的心情更坏了。她刻意没有回复,而是去洗漱,过后就躺在床上打开手机看购物软件:

故人依旧家女装国庆特惠
喵久久制服小馆 10 月秋季上新
香南食品旗舰店带你解锁新天地
…………

首页不停推送下一季的新款女装,有一条白色的长裙和当初刚谈恋爱那会儿她时常穿的很像——泡泡袖和收紧的腰部。那是赵莉莉和白格第一次见面,时间地点都在网聊时说好,在到点前两个小时赵莉莉就开始换衣服、化妆,自己画得不太熟练的眼线还是让大学室友帮她画的。室友边画边说,要不要我今天陪你去? 赵莉莉说,不用,他是我们学校的,比我们高一届。室友嗯了一声,说,你还是注意安全,表白墙上认识的,也不清楚到底是什么样的人,碰上渣男可就不好了。赵莉莉应了一声好。

见到白格时她还是有些忐忑。隔老远她看见一个高个子男生低着头站在树下,正在摆弄手机。她发一条消息:我到了。那男生就抬起头来,游移的目光一下子锁定住她。她也看这个男生,不动声色地打量了一番。和学校表白墙发送的交友信息上自我介绍的部分倒是一致,身高超过一米八,喜欢运动,整个人看起来很精神。那男生走过来站在赵莉莉的身侧,说,先去吃饭,吃完饭去哪儿你来定。赵莉莉点点头,发现男生比她高大概半个头,心想身高是合适的。

两人去吃饭的路上已经走了一回必走的程序。先是问清楚了各自的家乡,所读的专业,平常喜欢干些什么,等到话题到进行不下去的时候,赵莉莉发现白格显然有些苦恼,她主动抛出一个话题,说自己曾经在他家乡的一所中学就读,后来转学。她说,我和你们那一届的某某玩得还挺好的,你认识吗？白格点点头。赵莉莉惊奇地发现他竟然认识自己的好朋友。以前和她同桌过，白格说。他们笑起来。这么巧啊。中间有个认识的人令两人明显都放松下来，最后又聊了些更为深入的。

后来是怎么着？大概摸清楚对方情况后，他们都以可以试试的心态，恋爱一谈就谈了三年多。时间看起来很长，但又转瞬即逝。赵莉莉想，上次见他好像是半年前。她调休了一周，一下子从忙碌的工作里解放了出来。她叫他一起去度过几个下午，刚见面时他的两条眉毛连在一起，看她的表情像是在看一个许久没见的旧日同学，显然陷入回忆与现实的纠结中。

一个电话打断了赵莉莉的回忆。电话那头先是清了清嗓子，然后嗯了一声，听起来是个女生。赵莉莉说了声你好，又问是谁，话音刚落，电话就挂断了。她回拨过去，那边没有接听。赵莉莉也没有把这件事放在心上，那时她以为又是一个打错了电话的人。

二

哟，你今天倒是没化妆。同事曹雨说着从赵莉莉左侧的办公桌探出头来，向她道了声早安。

懒得弄了。不化妆还能多睡半小时呢。赵莉莉吃着昨天买的面包，手里鼠标按个不停。吃了两口，她又起身把丢在办公桌一侧的外套穿上。她的座位正对着办公室中央空调的风口，空调运转的时候很冷。

据说越年轻的女孩子越喜欢化妆，而赵莉莉已经没有精力去打扮自己了，或者可以说是懒得再去打扮。刚工作的时候她会早起很久，扑完粉底擦眼影画眼线，然后穿上为了摆脱学生气在网上买的职业装，走在行色匆匆的上班族中间。

我是草鱼。这位是小果老师，这位是丽丽老师。那人自顾自把办公室里的人介绍一遍，也没管新来的人听没听清。你们倒是有缘，都是丽丽。那人笑起来。一番介绍，她只记住了和自己名字同音的丽丽。赵莉莉有些疑惑，一个不年轻的男士为什么叫小果，而为什么又有人叫草鱼。后来赵莉莉搞清楚了，"小果"原来是"肖国"，而"草鱼"是"曹雨"。

马上赵莉莉工作要满一年了。想到这里她才渐渐意识到自己已经不是学生。名校毕业、学霸，那些都已经是贴在身上的过去式标签了。可她到底觉得自己还不懂些什么，比如工作多年的曹雨，她的说话方式是一大堆铺垫过后才会到重点，前面的话语绕来绕去让人不明所以，就会让后面的话轻飘飘地打出成倍的效果。再比如领导推荐大家都去读一本书的时候，大家凝神细听，结果是讽刺大家每人都需要一本新华词典以去除自己的无知。

上班不久之后，公司的人差不多都知道她有一个谈了好几年的男朋友。隔壁办公室有意给她介绍对象的同事也歇了心思，反而有时候会八卦一下赵莉莉的近况，比如什么时候结婚啊，婚礼在哪里举行一类的，说完仿佛赵莉莉好事将近似的，笑容里洋溢着热情的祝福。赵莉莉虽然觉得这些事情还非常遥远，她的工作还不算稳定下来，一切都是未完成的状态，但她还是说，快了快了，有好消息一定告诉你。这样敷衍过去。

三

第二次电话是半夜打来的。赵莉莉那会儿正开着小夜灯躺在床上敷面膜，耳边放着一些轻柔的音乐。电话响了几声，短暂到赵莉莉还没爬起来接，对方就匆匆掐断了。赵莉莉拿起手机看是谁，记录显示是这个号码第二次拨打，大概又是狡猾的骚扰电话。她困意袭来，准备第二天把这号码拉进黑名单。

但第二天她因为工作把这件事忘得一干二净。她赶到公司不久，就挨了一顿骂。组长看了昨日她做的报表，出于对她的信任，又急着搞定剩下的事情以便早点下班，只简略看了一下就上交了，结果报表存在明显的错误，领导看了没几秒就黑了脸。赵莉莉又是惭愧又是焦急地重做了一份，以至于今天的工作也是加班加点到最后才赶完，晚餐又是糊弄过去了。

白格罕见地给她拨了个视频电话，也许赵莉莉这些天的抱怨让他觉得还是要好好关心一下，但很快赵莉莉就知道不是这么回事了。他象征性地问候了一下她近期的工作情况，然后很刻意地清清嗓子，以强调自己有重要的事情要说。

白格说，我们家最近催着咱们结婚了，说咱们也谈了够久了，早点结婚生孩子他们也好帮忙带带孙子孙女。

结婚？赵莉莉一下子清醒了。神不守舍的她，从漫无边际的联想中勉强拉回自己的思绪，听到的话语却让她心中一震。

我是觉得反正都要结婚，现在结以后结其实都一样，结婚反正就这么回事，他说。

你怎么突然说起这个事情了？她问。

赵莉莉想说自己没有准备好，却一下子说不出理由。带有压力又无法立刻决定的事情让赵莉莉退缩。她的犹疑很快就错过了最佳的自我表达的机会。

有好的工作机会就赶紧回来吧，这里比不得大城市，但是总归我们能在一起。白格说。

还得再看看，结婚很麻烦的。赵莉莉终于有了机会小小反驳一下。

赵莉莉犹豫不决的语气让白格决定给她心中的天平加上一个砝码。他说，我之前和你说过的拆迁计划是真的。今年内结婚的话，我们家户口簿上的人就多一个，多一个人多一套房。

挂断电话，赵莉莉脑子里乱糟糟的。白格对待她有着傲慢，从前因她是没什么出路的文科学生看轻她，后来因她飘浮不定到手没几两的钞票看轻她。即便如此，白格于这段关系是投入的。半年前见他的时候，他的下巴映出油脂的光亮，举手投足间很是冰凉地在他们之间划下一道银河。来来往往这么多人，可他就是挑中了她。他的情话一直没怎么变，她听得厌烦。

赵莉莉想起他说的尽快，两个月的时间考虑，茫茫然不知该做何反应。他说话听起来总是很轻易，就像他们认识不过两周时，他就很自然地改口说赵莉莉是他的女朋友。抬头的角度和他说话的口吻都很笃定，把少女的心思捏得牢牢的。他们漫步在夜空的云下，圣诞、跨年和大大小小的纪念日是他们黏在一起的借口。和朋友说起白格的时候，她的脸庞都仿佛沾上蜜糖。

这一个月的时间里，他们例行问候早晚安，除此之外默契地没有提起旁事。赵莉莉给手机升级了系统，也许是有了成效，骚扰电话少了很多。但她晚上依然睡得不好，翻来覆去在床上摊煎饼。她没有和父母说。父母虽然没有明确说要她赶快结婚，可逢年过节话语里里外外都带点这个意思。她和朋友们联系，向她们倾吐自己的心事，到头来反而自己更加无措，因为每个朋友都声称换位思考，站在她的立场为她考虑，意见五花八门，说出的都是她们自己的选择，而非赵莉莉的。

电话再次打来的时候，赵莉莉立马接了，那时她还没有睡着。一接通，那边问，你就是赵莉莉？语气相当不客气。赵莉莉一听，不快瞬间填满心头。你又是谁？这是你第三次打过来了，别做缩头乌龟，再不说我拉黑你号码了。电话那头没有说话，沉默得像是一道设下的谜语。赵莉莉掐着自己粉红色的指尖等待谜语的解开。那头没有回答,反倒问起了赵莉莉。

你和白格什么关系?

你是谁,这又和你有什么关系?

你先回答我。

他是我男朋友。

他是你男朋友?电话那头的女声尾音拖得有点长,听起来很费解。他是你男朋友?她又重复一遍。然后她深呼吸一下,强迫自己冷静下来,她说,你先别急,等我梳理一下后再说。不过,你觉得他对你怎么样?

赵莉莉不知为何有些窘迫地低下头,觉得背后藏着天大的玄机,这玄机如一只钩子与她未来的日子紧紧相连。但她还是说,我觉得挺好的。

那头的语气温柔又怜悯。这样啊,他有没有和你说过李真真?赵莉莉问,李真真是谁?那头说,你去问白格吧,说完就把电话挂了。

四

公司名义上有两个小时的午休时间, 真正忙起来连午休赵莉莉都还是坐在工位上敲键盘。今天是周五，整个办公室都沉浸在周末来临的氛围里，曹雨抖腿的频率快得让所有人都焦躁不安，他们很快速地把几个小时的工作压缩在一个小时内完成，然后坐着无所事事。

婚姻啊，你是说婚姻。肖国作为办公室里年纪最长的人挺起了胸膛，在这方面他很有发言权。你要问这个问题说明你对此很好奇，但每个人都是不一样的，谁也没办法帮你做决定。要我说，结婚是很好的，因为我有一个很好的老婆，你们平常也听我说过。曹雨在一旁皱起眉头，问，你打算结婚？没办法，他家在催了。赵莉莉说。

丽丽说，好羡慕你哦，我也好想结婚。丽丽处在分手的感伤期，看到路过的情侣都忍不住联想到自己的曾经。丽丽藏起自己的难过问她，那他打算什么时候求婚？她怀着和丽丽差不多的心情说，也许快了吧，我也不知道。

领导的身影一闪而过，大家都很默契地闭上嘴巴，进行了一半的话题硬生生断掉。

曹雨和她偶尔约出去一起吃饭，私下里赵莉莉和她说过很多关于自己的事情。她说起在遥远县城的白格和他们的过往，曹雨的点头摇头赵莉莉都认为是对这段恋情的认可。她始终没有提那个电话，如鱼刺般卡在喉咙里不上不下,几番想说,却又无法把那些莫名其妙的猜测说出口。

我可能快要辞职了。她对曹雨说,不过也不确定,得把一些事情先整理清楚。她又说,活了二十几年,还是没搞清楚自己究竟在干吗,可能不断忙着在搞清楚过去。曹雨宽慰她,还年轻,慢慢来。

她再次拨打那个电话时是忙音,偶然接通的一次则听见了话筒那头女人的轻笑声。她不觉得去问白格是个好的解决办法,但除此之外毫无头绪,她和白格的共同朋友没有听说过这样一个人。

赵莉莉问白格的时候,白格漫不经心地说不认识,几下又把话题扯开去。

公司最忙的日子来了。工作一点点蚕食赵莉莉的日常生活,下班后浑浑噩噩洗漱完闭上眼睛就能睡着,睁开眼连回神的时间都没有就赶去上班。睁眼闭眼,只在通勤时的地铁车厢里喘息。

她喜欢站在两节车厢的连接处,黑色的,有弹性的,简单的连接方式。一拉一伸,晃晃悠悠间车厢握住彼此的手永不松开。

不安全世界里的安定感短暂得让人害怕,地铁一到站她就和它成为陌生人。

越忙越出错。赵莉莉接连填错好几个数据,数据像交织的老树根,一多起来就眼花缭乱。她含住咖啡里放的冰块,让自己镇定清醒,然而效果寥寥,除了口腔被冰到麻木。文件发出去没多久她就察觉了其中的错处,然后在严肃的领导面前无奈自责地修改。

长时间在屏幕前盯表格,加上工作压力,赵莉莉的眼睛出了问题,她特地请假半天去医院,开了药,顿感心安了不少。薄薄的塑料袋兜住几盒不断跳动的药,像是兜住不安分的鱼。

赵莉莉想白格应该有空,他任何时候都有,除了打游戏的时候。很巧这天白格没在打游戏。

不满意就别干了,正好回来跟我结婚。白格说。

我也没说是不想干了。赵莉莉说。

你怨这怨那的,受不了就走呗。

哪有这么简单啊?

是你想得太复杂,辞职信一交,谁能拦得住你不成?所以结婚吧,结婚之后多一套房子,一套出租一套我们自己住,随便找个工作干着,乐意干什么就干什么。

不说这个了,你的考试怎么样?

白格的语气瞬间沉下来,但很快他的口吻转变得像是在说一个和自己毫无关系的事。没过,不要紧,之后不做这个就是了。他又感叹，你真是运气好，第一份工作能找到这么好的岗位。

赵莉莉忍了又忍，还是说出口，我听说好几个朋友都过了。她希望看到白格涨红脸的模样，然后振作起来。

可白格并没有领会到她的良好意图，他像是被踩了痛脚，说，你是不是觉得我不如他们？你总是这样，把所有事情都以为得那么简单，你就上了一年班，你懂什么啊，就在这里教训我。随即噼里啪啦一阵响动，大概是他恼怒地拂开了桌面上的东西。

加诸物品的暴力显示的往往是人的无能，赵莉莉这么认为。白格惯用的发泄方式恰巧是赵莉莉最看不起的那种。恋爱伊始，没有争吵，她身处甜蜜的世界。时间推移，他开始折磨赵莉莉怀着期待的心，东西一件件粉碎，她感到有什么和它们一起消失在了垃圾桶里，无声无息等待天崩地裂的时刻。

她忘了是怎么和白格结束争吵的，脑海里只闪过零零碎碎的记忆。

回过神来她的手机正在拨出那个号码。

他没有和你说李真真的事情吧？他肯定不敢说。那头说。

你猜到了，那你还让我去问他。赵莉莉说。

那头咯咯笑起来，说，他不说那我来和你说说。李真真，一九九六年生。白格是九七年吧？算起来她大一岁。最近她的父母介绍他们认识了。对了，白格他们那一片拆迁你知道吧？李真真家里很乐意，甚至安排他们去吃饭看电影。

就因为这个？赵莉莉问。

李真真家情况比较复杂吧，我也不太清楚。虽然是一眼望得到尽头的日子，可这样的日子多少人盼着想过呢。

电话那头仿佛有凄凄挽歌悠悠回荡，赵莉莉的心一瞬间被揪紧了。

赵莉莉说，说了这么多，我还不知道你是谁。

那头说，你不需要知道我是谁，我只是一个同样被伤害的女人而已。

赵莉莉说，女人，好吧，我一直觉得我是女生，而不是女人。

那头说，哈哈，行，我们都是女生，可怜的女生。

五

离赵莉莉乘地铁最近的二号出口外开始翻修。巨大的铁架支起来,狭窄的通道堪堪一个人通过。那天她缩着肩穿过,感受到风吹来的过程,帽子差点从她头上逃跑。活动板房是什么材质她不清楚,但听到了雨滴敲上去的声音,清脆,响亮。天气预报说,这几天台风要登陆。赵莉莉在包里装上了一把伞。

这是本周她的第一个发现。第二个发现是曹雨要跳槽了。过完一个周末,她发现曹雨开始收拾办公桌上的东西。曹雨是赵莉莉的半个老师,在公司说话做事她很多是向曹雨学习的。曹雨也有意提点她,这使得她很快适应了工作的环境,甚至有时在处理事情时,她会先问曹雨的意见。曹雨说行,她立马去做,曹雨摇头,她忐忑不安地回问。

我不像你们年轻人,年轻人总可以等待机会。我这个年纪才来的好机会,当然要紧紧抓住。曹雨说,你们还年轻,不着急。

走的那天,曹雨穿了赵莉莉第一次到公司那天她穿的套装,藕粉色衬衫,米白色长裤,带着淡淡的香水味。她和曹雨的默契在工作时最能体现,一个眼神任务就能顺意。赵莉莉望着那个空荡荡的座位,偶尔会晃神下一刻曹雨的身影会出现在那里。她买了和曹雨同款的香水,喷上一点能增添很多信心。

赵莉莉的手指摸上唇瓣,揩一下,柔软干燥。她的唇色偏深,不抹口红就看起来缺少血色,的确是最天然的样子。

我跟他认识的时候是大学二年级。她的唇开合着。不管唇色变化与否,她的声音传给电话另一端的人时都像覆上了厚厚的果酱,甜丝丝的。她继续说着,过去的日子似闪烁着暗淡的光。要说白格的话,我总觉得有许多事情,说上几天几夜都说不完,可真正要我说,说不出来的。赵莉莉叹了口气。他的好与坏,通通堵在她的嗓子眼里,成几声呜咽。

她借口说关于李真真她还有想要了解的地方,却不明白自己打这个电话的真正原因。也许是因为她们同仇敌忾,又有过类似的遭遇,赵莉莉觉得和对方说话很能够被理解。

那头犹豫着问,你没事吧?

赵莉莉小小地惊讶了一下,然后恹恹地说了句没事。

那头说,不瞒你说,这几天我也非常倒霉,喝凉水都要塞牙缝。我在家不知挨了多少骂,为了妹妹上学的事情。她成绩不好,考不上好的公办学校,能怎么办呢,只能多掏些钱上私立的了。从小到大,吵架的事情都是围绕钱。何德何能啊,钱这孬货。

赵莉莉不知如何回答,但蓦然被激起的,是很久没有过的倾诉欲。好多好多没有人听过的话语全部汇集到一起。那头的声音有很强的颗粒感,伴随着轻微的电流声。电话一直没有挂断,脑海中捡起来的词语喷薄而出,不再节制。

一通电话下来,足足打了一个小时。赵莉莉觉得前所未有的酣畅。

电话挂断后,白格的电话又进来,赵莉莉硬是等到了最后时刻才接通。

你和谁打电话打这么久啊?手机一直占线。

哦,和一个朋友。

朋友?男的女的?白格的语气听起来怪怪的。

她顺势问,那你认不认识李真真?

什么李真真,莫名其妙!你天天都在想些什么?

你装啊,接着装。

你说话怎么这么尖酸?我说不认识就是不认识。不要再随便拿一个什么名字来试探我!

手机语音抹去了白格嗓音中尖锐的部分,即便他在那端险些跳脚,听起来都像是一个例行执勤的机器人在和她说话,而这个机器人下一秒就要程序崩坏。

机器人的语言系统开始卡顿。所……所……所以……结婚的事……

你跟鬼结婚去吧,浑蛋!话语落下,不欢而散。

赵莉莉发消息说，我和他吵架了，你是不是该高兴了？

那头回复，这下你可能永远也忘不了李真真了。

六

这段日子赵莉莉和那个人联系很多，话说得磕磕绊绊，难免涉及她们都知道的白格。关于白格，多半是赵莉莉在说。白格粗陋的生活细节被她们揪住嘲笑，意味难明的举措也被按头指认心机重重，尽管也许白格本意并非如此。

但她们也没有忘了李真真。李真真啊，是现在你们说的第三者，可恶的第三者。我觉得你一定要搞清楚她是谁，我和你一起在道德上谴责她。那头说，我讨厌这样的人。

她们在一个潮湿的天气里交换了照片。乌云低垂，像赵莉莉冰凉的耳朵，呈弧形。已经好些日子没有太阳了，赵莉莉的伞拿出来又塞进包里，嫌太沉又不得不带。

曹雨在两段工作的间隙给自己放了个假。她穿着平底鞋和宽松的运动外套，似不复从前极强的攻击性。曹雨望着赵莉莉还有些稚气的脸颊，没有对她说肖国向她发送的暧昧信息，没有向她说自己遇到的一切。她只是用一种温柔又包容的眼神望着赵莉莉咽下一小块切好的牛排。赵莉莉也没问为什么曹雨对她这么好，问的是这个假期曹雨打算做什么。两人眼睛笑得弯弯的，好似醉在这张小圆桌前。

风雨欲来。或者说她和李真真见面的那天就是风雨来到的日子。

其实，我就是李真真。她听见那个熟悉的女声。赵莉莉说，我知道。

见到李真真时赵莉莉不禁有些失望，心灵的贴合落在现实里变得沉重不堪。这次见面是多余的，她看见的不过是一个再普通不过的女孩子站在大风吹过的街道上。李真真的脸与照片上相差无几。阴沉的天里，她的脸庞越发明媚，烟尘淡淡勾勒出她的轮廓，为她添上恰到好处的阴影。她唇部的线条开了又合，赵莉莉分辨出那优雅的玫瑰色。

李真真应该是有直视别人眼睛的习惯，她很亲切地喊她莉莉。赵莉莉叫她真真，喊对方时她们对视，她看见李真真的眼睛里没有一丝一毫的笑意。为了这次见面她们努力地打扮，甚至好几天都没有联系，好像要在这一天彻底见个分晓。

她们路过赵莉莉所住街道的附近。赵莉莉手指着某次下班后她错身的那个角落，说，就是在那一天的晚上，我发现自己心中的天平渐渐倾斜了。

临近告别的时候，赵莉莉还是说出了和白格的事。她说，我不会和他结婚了。

李真真惊讶地瞪大了眼睛。出乎意料又在情理之中。她说，这样其实再好不过了。李真真的眼珠随着赵莉莉的眼珠转，赵莉莉知道李真真是在探究。

你介意的事情于我不值一提，能好好过日子就行。李真真说。我听说过你，名校毕业，聪慧，成绩名列前茅，从小到大就没受过什么挫折。很优秀的人，却总以为自己能把握一切。李真真的眼神带着点锐利。

别以为你很懂我似的，我真瞧不起你。赵莉莉说。

李真真的表情仿佛写着果然如此。

李真真如此敞亮地接受了另一个人和未来丈夫的过去，甚至耐心地聆听了他们真情流动的细节。赵莉莉觉得反胃。

我只是好奇，截然不同的人生。我还挺羡慕你的。白格比你笨，我也比你笨，笨人就靠偶尔的小聪明活着，也能活得不错。李真真说。

你笨吗？没有人比你更聪明了。赵莉莉说。

你今天为什么会答应我出来？李真真问。

因为好奇。赵莉莉说。

我是把你当朋友的,真心的。李真真情不自禁地抓起她的手。

赵莉莉从李真真湿漉漉的掌心中抽出自己的手说,我曾经也是,但不要再浪费时间了。赵莉莉从手指缝里看见的人行道地砖在她的泪水里晃动,红色的,黄色的,一片天旋地转。自己的样子一定很狼狈,赵莉莉想。

雨声渐渐大起来。

李真真拍拍她的肩膀示意她们一起去附近的店家避避雨,赵莉莉却退后一步,跑开了。当她再次转身时,李真真已经不知道去了哪里,每一家被雨声笼罩的店都可能是李真真的去处。此刻达到了降水量的巅峰,雨每落下一点来,就有一颗尘埃有机会跟随太阳的升落回到天上。

李真真也许会发给她婚礼的照片,然后她若无其事地回一句恭喜啊。白格的朋友圈不会再更新,或许他的朋友圈在赵莉莉这里就永远停留在了分手的那一天,到了合适的时机她才会辗转知道白格结婚了,和李真真,或者其他人。

一切都没准备好。没准备好工作,没准备好结婚,也没有准备好应对突如其来的一切,就像这场大雨。她明明知道要下雨,却还是忘记带伞。昨天与今天的交叉点上站着一个手无寸铁的她,对抗着不知名的、复杂的情绪。要是时间过得得慢一点,她肯定可以做得更好。过去她总是责怪时间的残酷,责怪毫无征兆的告别,而现在她要学着接受,学着调整状态和情绪,学着一步一步,慢慢抵达。

赵莉莉擦擦脸上挂着的雨珠。那些被擦掉的雨珠,也无须再回到大海。它们落在赵莉莉的脸上,冰凉的,却让她感觉很温柔。

一种强烈的倾诉欲急待喷发。她拿出手机想打电话,可她一时半会不知该打给谁。赵莉莉走到那个空荡荡的角落,慢慢蹲下,一阵腥臭混着雨水的味道进入她的鼻子,熏得她鼻头发酸。她一行一行往下划着名单,指尖在李真真的名字上停一会儿,雨水落在屏幕上,她反复滑动好几次才把李真真的号码拉进了黑名单,才把电话里的声音和她今天见到的人彻底割离。

尽管她知道这其实不能全怪李真真。

夜行人

一

一开始我没有感觉到痛,我只是蒙了,手和脚没有一个听使唤,或者说大脑也没有反应过来。血雾绽放在眼前,简单一个顺势躺下去的动作耗费了我不少力气。如果我知道人的反应速度,就不会在内心骂着自己傻子。出门时我绝没有料想到情绪的失守,我以为只要暂时转移一下注意力就好了。记忆在我胸腔发酵,逼出来一口长气,这口鲜红色的雾状气体慢悠悠地在空中飘浮、旋转,然后在青色的台阶染上了一块小小的红。

第一是我放生养了三年的狗。三年里我喂了它无数的剩饭,这恩情令我放生它的时候它站在原地不敢置信。我对它吼，去你的，吃了我三年的饭，还想赖上我不成。然后它眼角闪着泪花，消失在山间小道上。我的摩托车前灯照着它的白屁股，白毛在白光里闪，亮得我眼睛疼，于是我揉了揉眼。林伊年却以为我哭了，假惺惺来安慰我，把胳膊搭在我的肩上。我说，我没哭，你干什么呢。林伊年说，我知道你在假装坚强。我说，我真没哭。林伊年说，好吧，是我哭了，然后她趴在我肩上一直抖。

然后我们去了附近的小馆子吃饭，第二就是在那里我被林伊年甩了。她说我对狗都这么无情，对她肯定会一样无情，何况我养狗的时间都比我和她在一起的时间长，于是她决定先发制人。但她是这么做的：在这个馆子里，她硬是说要吃狗肉。我说，去哪里给你找狗肉。林伊年指着老板说，让他给我做。我说，今天要是你吃一口你都是不尊重我和哈米。林伊年没管我，对老板说，我要吃，我就想吃，你们这什么破地方，这都没得吃。我说，你别为难人家老板。林伊年说，你都把哈米放了，还装什么喜欢狗。我生气了，说你别闹了。林伊年也生气，反手给了我一巴掌转身走了，剩下我和老板大眼瞪小眼。

大概是我耿耿于怀才会在这样的时候反复想起这两件事。我前二十几年最大的愿望是有个好看的女朋友，倒也不必是公认的大美女那样的好看，而是我确实有着固定的审美取向。林伊年明显和我的审美相悖，尽管丰陶说她还挺好看的。可你也不帅啊，林伊年撑着脑袋坐在我旁边说，我们彼此彼此。我说，好吧，好像是这样。林伊年说，你看，自己做不到也不要求别人，这才叫尊重。我说，我尊重你。林伊年说，谢谢，我也尊重你。

现在我还躺在地上，不用抬头就能看到天空。墨蓝色，云是一朵接着一朵的，我在用我贫乏的词汇量来描述我所看到的。没有星星，偶尔灯光闪烁的也是不知道飞去哪里的飞机，这让我觉得有点迷茫。不过我遇到林伊年的时候她就是这样的。一个人大半夜在街上走，还总是去看店铺门口张贴的告示。我问，你那个时候是要去哪里？林伊年说，不知道，只是想找个地方睡觉，顺便看看去哪里赚钱。我说，真巧，你随随便便就走到我心里来了。林伊年做了一个呕吐的表情，然后说我土。

那个时候我和林伊年在一起刚好两个月，正在餐厅吃饭，等着晚场电影的开场。我时常看着东西出神，他们说这样看起来有点忧郁。这个形容词听得我浑身起鸡皮疙瘩，我心想，下次定不能看着所谓的天空、远方出神。于是我盯着盘子里那一团被捣烂的土豆泥。林伊年说，你想吃就吃，没有人拦着你。我摇摇头。她端起盘子充满母爱似的看着我，然后把一勺土豆泥喂进我的嘴里，说，别饿着了。以后的每一次我都故技重施，林伊年也不厌其烦地展现她的母爱。林伊年说，我是在练习怎么当妈妈，简称妈妈练习生，你就勉为其难地当一会儿我的儿子吧。

　　丰陶后来一直明示加暗示让我给他介绍几个女生。我说，谈恋爱呢，没空。丰陶就要来打我，说，十几年的好兄弟，这点小忙都不帮。我说，那也不能随便介绍不是，别急，我和林伊年帮你看着呢。我回去和林伊年合计一晚上，最后林伊年说把她店里那个女服务生凡凡介绍给他，说凡凡年纪轻，长得端正，又肯吃苦。后来她又问，丰陶怎么样？我说，你放心，那家伙人品过得去。

　　我在想，林伊年什么时候来。我躺了不知道多久了，老觉得能听见她的声音，一听就入迷，连痛都减轻了几分，但有种不知今夕何夕的感觉。这时我忘了我已经和她闹矛盾很久了，只是想，她到底什么时候来。四下蝉鸣吵闹，到我耳朵里更是放大了无数倍。万一我听不到林伊年的脚步声怎么办。我努力地把我的脑袋抬起来一点点，视野还没有变化就又落了回去。

　　一定是我太久没有上班，浑身都没劲了。我天天和哈米一起待在家里,等着林伊年从店里带饭回来。她下班回来的时候,哈米蹲在门口,我站在哈米后面靠着墙壁,一人一狗充满期待地看着她。这时她像一个救世主,身上还发光的那种。我等她把饭放在餐桌上,哈米等着我拆开那几个饭盒,如此大概过了两三个月。

你是不是男人啊?林伊年说。她们饭店其他几个女服务员见她天天打包员工餐回家,背后说闲话被凡凡听见,一转身就告诉林伊年。我怎么不是,我呵呵一笑,心下想着过几天就不待在家里,随便在外闲逛都不能回去。晚上我使劲折腾林伊年,她呜呜哭起来。我觉得她肯定不是为这事,问她她又不说。

第二天林伊年上班的时候我跟她一起出门。她有点惊讶地看着我问,你找到事做了? 我说,还没有,不过很快了。然后我穿着件风衣出去,和她在一个十字路口分开。她接着向前走,而我向左拐入了另一条路。路上架着一座天桥,小时候我曾经走过这座天桥。我站在上面往下看,不紧不慢地开始数车,一辆白色的本田、一辆灰色的特斯拉……好多我没来得及看清楚车标就开过去了。

白色的本田车在不远处停下来,我眼尖地认出驾驶员是林伊年的继父,飞快地从天桥上跑下去。

我说，你借我点钱。他不肯借。

我说，那你车给我开。他问，你要车干什么？我说，我要找工作啊。他又问，你这回是真的？我说，千真万确。他狐疑地看着我，又劝我好好顾家，不要天天游手好闲。我一嗤，道，你才来多久，在我面前装什么慈父呢。我强硬地把他弄下车，说，开一个星期就还给你。

车到手之后，我在附近的马路上转悠，不少人站在路边等出租车。我慢慢摇下车窗，问去哪儿啊，收获了一些很警惕的眼神。后来我都不去问女人，专门去问青壮年的男人。我给出的价格和出租车差不多，一天下来我估摸着最少能有个十几单。上车的人大多沉默不语，偶尔也有非常健谈的，一路下来也挺有意思。到了晚上，我去老城区一个馆子吃饭，果然在里面看见了丰陶。丰陶大多数时候就坐在小方桌旁一个人点两个菜，喝点啤酒。我在他对面坐下，他抬头看我一眼，给我也倒了一杯。我说今天就不喝了，一会儿还得开车。丰陶说，终于舍得出来了。我说，没办法，我想和林伊年结婚。丰陶说，她妈能同意？我说，所以我在努力啊。

吃过饭丰陶说要去摸几圈麻将，说这两天厂里终于给了调休假，要去玩个痛快。我说，要是你散场那会儿我还在外面，我顺路给你送回去。丰陶挥挥手。紧接着我又接了一单跑到郊区的,路程远些价格自然也高,心想跑完这单干脆回家休息。两个人小伙子上了车,一人坐在前座一人坐在后排。天色渐渐暗了,耳侧汽车轮胎转动的声音没有停。

望着前方的路我开始联想。我的腰际贴上冰凉的刀刃,从后视镜里看见他们凶恶的眼神,但是什么也没有发生。夜凉如水,我很想回家吃一口热饭。后来回想起这个时候,我才发觉一些细节:他们过分瘦削的身体、整个车里弥漫的烟酒味,这些都决定了他们在之后的那场斗殴里处于下风。急于回家的心情使得我忽略了他们说话的前后不连贯,或者是我下意识地认为赶紧送他们走就可以置身事外。

他们下车后我慢慢启动车子朝前走,刚走出三四十米,就从后视镜里看见他们挥舞着不知道从哪里摸出来的钢管,和另一伙人缠斗在一起。我把车子又往前开了五六十米,停下来没熄火,坐在车上看了一会儿打斗的场景,然后拨通了电话。随后我和这些人被一起带走调查,还好没人注意到我开黑车的事。我看了看时间,比我预计回家的时间晚了一个多小时。差不多到饭点的时候,手机铃声响起,是林伊年。她问我在哪儿,我如实说了。她问,你怎么会在派出所,是不是犯什么事了?一片灯火通明中,我简要地将事情说给她听,又说一会儿我要去郊区把车开回来。电话里隐约能够听见林伊年母亲的声音，大概林伊年开了扬声器。她母亲说，一天天的正事不干就知道惹麻烦。林伊年反驳两句。电话在她们的争执声中挂断了。

林伊年的母亲有时会来，这个不肯服老的女人遍寻着自己第不知多少个春天，她的现任丈夫是她的第四任丈夫。据林伊年说，其间还有过许多没有名分的男朋友。处理完事情后，我回到和林伊年的家中就见到了林伊年的母亲。她的目光从上到下把我扫描了一遍。我也不例外，我直视她被丝袜勒住的可笑的大腿和脸上皱起的皮肤组织，然后低着头一屁股坐在客厅沙发上，没有去给她倒茶。

林伊年做了饭，调味料放得很多。我阻止了林伊年去热菜，尽管差不多凉透，我还是被辣得近乎神志不清。林伊年的母亲用她的破锣嗓子说，你找个这样的人是想气死我吗？我大口大口吸气，动静之大使得林伊年赶紧放下手中的碗去倒水。我颤动的唇瓣让林伊年的母亲越发眉头紧皱。

我上次给你介绍的不好吗？家庭和睦，人又努力上进。林伊年的母亲说。

别说了，吃饭吧妈。林伊年说。

因为我的玩世不恭，没有人相信我的履历是一杯白开水。这些犯错的征兆在我身上显现，从我饱满的生命力里汲取汁液。因而我始终觉得是最好的时间永远是夜晚。阒静的阳台上，我看那片在墨蓝色中沉潜的房屋，深浅不一的黑和重重叠叠的影在灯光下跳动。我的手指伸向了别人家，那几盆窗台上的植物发出哀号。在我的想象中，匍匐的巨兽敌我不分，贪婪地吞吃着一切。我在这种残酷中兴奋得摇头晃脑，为此刻的众生平等欢呼。

源头是我父亲。他现在在一个小区做保安，最忙的时候不过半夜拿着手电筒晃，把光束在人家窗户上乱砸。有段时间他想去抄水表，抄水表的钱一个月比保安多，但是顶不住人家有点关系，比他轻松又比他手头宽裕。后来他去了一个煤矿，煤矿出事后就去做了保安。那些年他出了矿井后，总是用一条毛巾把自己脸上的煤灰擦干净，有一次他鼻翼两侧没擦干净，两颗黑点在他大肉鼻子的衬托下不太明显。我发觉后赶忙问他，他很抱歉地跟我说这次没有擦干净。我察觉自己说的话不妥，没敢去看他的表情。

他保有一种朴素的正义感，这在我去学开锁的时候展现出来。他不知道我会偷偷在人家家里转悠，趁着请我歇息喝杯水的工夫，目光在厅里乱蹭。我说我要去上厕所。对着白瓷的马桶我狠狠尿出来，把由于他们的不礼貌带来的恼怒一股脑抒发出来。我给他们换好锁芯，给了他们一盒新的钥匙,多收了五十块。后来父亲知道了,教育了我一顿。

也是命,我父亲说,现在谁家还需要抄水表?多年过去,他换了一个小区做保安,那人据说丢了抄水表的工作之后花自己的积蓄开了个半死不活的小店,天天愁眉苦脸。说起来的时候父亲幸灾乐祸的样子遮都遮不住。

林伊年的母亲倒也不会说一些扎人心的话,早前她很礼貌地请我去她家做客,先是夸我是一个好孩子,然后说起自家老旧的门,有机会会来光顾我的生意。那种语气后来我明悟称为轻蔑再合适不过。

那晚林伊年的黑发落在我的颈边,艳丽得像个杀人的妖。林伊年说,不然我们去领证吧。我愣愣看了她半晌,发现她没有开玩笑的意思。我和林伊年睡一个被窝,她紧紧贴在我的身后。我转过身看着她,黑暗里我还是能看见她睁开的眼睛。我说早点睡吧。她说,睡不着。我说,我也睡不着。我拽过一绺林伊年的头发,她气鼓鼓挥开我的手,然后有点威胁地用手环住我的脖子。

尽管如此,我和林伊年还是没有去民政局,理由是她母亲生病了。高血压、心脏病,还有几样我忘了。我认为有夸大的成分,但彼时我许久没接开锁换锁的活,印好的名片也很久没有发出去。后来她母亲发现无论使用什么手段都分不开我们之后,也就认命般地歇了气,只是再也没给我过好脸色。

二

我说了,你来找他干吗,现在弄成这样。林伊年说。也许是我的幻觉,我听到了林伊年的声音,由远及近,越来越清晰。我抬起沉重的眼皮,她的身影出现,伴随着小摩托车停下的声音。还不起来吗?伤到哪儿了?林伊年问。我的眼神定定地落在她身上:睡衣拖鞋,可见出来得匆忙。

我找岳父不奇怪吧?我说。林伊年说,连我都不确定他是不是我生父,你说你来找他奇不奇怪?我说,我有种直觉,他就是。林伊年说,鬼扯。我说,真的,我见过你妈盯着电视节目出神,表情很遗憾。林伊年说,你也说了那是电视,现在电视里播的还有多少能是真的?偏生你也信。

林伊年把我送去医院,第二天她母亲和继父来看我,买了点水果,他们不知我是为何受伤,出于礼貌还是来了。

林伊年在一旁削苹果,看起来怒火已消。我们其实不止一次闹到分手这一步,争吵常有,只不过大多数为旁边站着的这两人。

按理说林伊年的母亲不至于过成这样，由她现在的样子我可以推测她年轻时该比林伊年漂亮。她的现任丈夫看起来对林伊年好得过分，讲话从没一句重的，就连林伊年和我这样的人谈恋爱也没见他多反对，顶多是恨我不争气。事实上他没有干涉林伊年婚姻的权利，他只是顺着林伊年母亲的意见，对她们母女俩差不多可以说百依百顺。

我的眼睑颤动两下。他们说要走，我想起来他们住得的确远，在煤矿附近的小区。那里原本住着大片大片的煤矿工人，随着煤矿的关闭，工人迁出，如今常是空空荡荡的。即便如此，留在这里的人对麻将和扑克牌的爱好程度也没减轻，这会儿将近中午，林伊年的母亲和继父估计是急着回去上牌桌。说起来，我家和林伊年家以前都住在那个小区，虽然隔着七八栋楼房，但也还算得上是同一个小区的邻居。那个煤矿挖了好多年，早在我读小学的时候，据说就已经挖到了八百米的地层深处。挖得最远的地方有多远呢？我父亲说，估摸已经到了我们这座城市的中心广场下面，以前我们坐矿车到井下挖煤，光是去到采煤工作面，路上就要花两三个小时。

迎着林伊年母亲的冷脸，我笑着对她说了声再见。

林伊年一旁叹气叹得老大声，说，他当初跑了之后我妈再不愿意提起他,你又是怎么找到他的?

要说怎么找到林伊年的亲生父亲,也就是她母亲第一任丈夫的,这事说来巧合颇多。林伊年问我,我有意在她面前撑撑脸面。我说,六人定律知不知道?我甚至可以找到美国总统。实际情况是,我从朋友那里打听到林伊年的亲生父亲在多年前开办私营煤矿发达后,正赶上全国各地都掀起影视热,到处都在投资建设影视城,如现今大名鼎鼎的横店影视城、焦作影视城都是在那个时期建成的。于是,林伊年的亲生父亲头脑一热,开始在距离煤矿不远的地方建起影视城来。只是这建影视城不比挖煤,挖煤是只要找到了矿脉,挖出来就是钱。建影视城是只见大把大把的钱投入其中,产出却是遥遥无期。等到林伊年的亲生父亲把煤矿转让了,全部身家用得差不多了,终于把影视城建好了,影视热却已经一阵风般过去了。影视城从建成之日起就成了一座空城,平时除了偶尔收点闲散游客的门票,从来没有剧组光临过。后来,他索性连带着现任妻子一起搬了进去,以保证在这座偌大的影视城里面还多多少少留存着一丝人间烟火气息。

我计划去找他的时候想了半天应该怎么样进去,幸亏那里还卖门票。我买了一张白天的票一个人进去,门口一个保安在打盹。等到差不多天要黑下来的时候，我先大摇大摆出来，再趁人不注意又折回去。

影视城的停车坪上停满了车，应该都是他的。各种颜色摆开，夜里看不清车标，但能判断价值不菲。我一间一间屋子找过去。平矮的仿古建筑透出一种死寂，屋檐下挂着褪色的红灯笼看了让人心悸。我跨过景观桥去找最亮堂的那间，据我观察应该是在影视城的东边。那方隐约传来电视声。夜的影压下来，我披上夜的黑衣，走向声音传来的地方。

笃笃，笃笃。我敲响了那扇雕花木门。电视里中气十足的男声戛然而止。老头穿着一套墨绿色睡衣出来，外套松垮垮地盖住肩上几根骨头。他伸手把房内的景象掩了一半。你找谁？他问。我说，当然是找你，我是黄长生的儿子。

哦，黄长生的儿子，哦，都长这么大了。他说，黄长生现在干吗呢？我说，在当保安。那你来找我干吗？他问。我说，你女儿是林伊年，对吧？他说，我女儿怎么了？我说，和我谈着呢。他这才正色打量我，说，个人条件是差了点，不过是黄长生的儿子，人应该不错，她喜欢就好。

这老头笑得狡黠，问，她过得应该还不错吧？说起来，我现在幸福得很。他脸上皱出滑稽的纹路，自鸣得意的情绪都从这些纹路里溢出来。你知道南柯一梦吧？我只是梦醒了一半,剩下的一半还是好梦,我也还在梦里,哪天梦要是彻底醒了,我真是不敢想。真是不敢想啊。他乐呵呵掏出一支烟,说,年轻人不要这么锐气,来抽支烟。他抽烟,我也抽烟。火星子在夜色里闪。等到烟烧到我指尖的时候,他说,待够了吧?待够了就走人,不要让我请你走。

林伊年说,这样你就找到他了?我不信有这么简单,你问这么多次我们都没告诉你。我说,是你想得太复杂,谁没事要跑这么远去害一个小老头?有仇有怨早该报过了。林伊年说,那你去找他干吗?我以为你是帮我家报仇的,虽然我们家早就谅解了他。

我说,你妈想离婚你知道不?林伊年有些惊讶地看着我。我说,也许你妈想把他找回来。林伊年说,煤矿出事那年他比谁跑得都快,丢下我和我妈一个人往外跑,这不可能的。我说,他后来不是回来了嘛。林伊年说,这不一样,他是听说他不用负什么责任才回来的。回来之前据说在一个后来被强制关闭的歌舞厅和女老板混了几年。我说,你妈也不一定是要找他,可能就是想找找年轻时候的感觉。

我当时想着多待一会儿,套点关于林伊年母亲的信息出来,老头身后的门却开了,那人还没走出来就被老头呵斥回去。想起父亲的话,我掏出来一张纸条当着他的面撕了,说，黄长生欠你的最后一点钱还清了，你记住了。老头问，他为什么不自己来？我说，他根本就不想见你。

出来之后我像是浑身脱力，一下摔倒在地，从台阶顶上一溜烟滚下去。

三

父亲年轻时候爱给我讲故事，那时他在矿洞里工作，天天戴着个带头灯的安全帽。灯光很足，一开就集中亮起一小片，比周围的矿井照明灯还亮。开工时，他就在里面挥汗如雨。在小煤窑里，他总是分不清白天黑夜。地下不见光，通常上来后他才会发现自己满脸都是黑色煤灰。年轻时他也爱看书，原本的理想已不得而知，被问起时他就别过脸去，只道是迫于生计做了矿工。

他于是就给我讲一些他自己编造的故事，说因为挖了太多煤，地下是空空的。我说，那岂不是有好多好多洞穴？他说，是的，每一个洞穴里都藏着珍宝，今天就把我工作时在每个洞穴里看见的珍宝说给你听。他数着数字，一二三，顺带考了一遍我的数学。有一回他说，他在里面看见了牛骨头，因为我曾经问他会不会有小动物掉进洞穴里。他说，会，曾经有一头牛掉进了洞穴里，那时里面还有一个受困的人。他们四目相对，互相警惕，牛担心人会吃掉它，人担心牛会撞死他。夜晚寒冷，起先他们还保留防备，后来干脆靠在一起取暖。牛和人一天天瘦下去。我说，他们待了多久，怎么还没有人来救他们？他想了想，说地处偏僻，停了一会儿，改口说，后来他们都获救了，因为曾是彼此的伙伴，人一直把牛养到它老死。

长大后回想，我认为他不应该对一个孩子说这些，又觉得，早些领会人世的酸甜也挺好。后来我辜负他的期望，在学校愣是待不下去，早早离开学校去学手艺，再后来我认识了林伊年。说实在的，父亲实在是溺爱我，我的肆意妄为就是具象化体现。

身体养好之后，我跟父亲说，你交代的事情我完成了。他点点头没说话，示意我陪他去柳河湾边走走。他身上还穿着黑色的保安制服，挺着个微凸的啤酒肚，说话时一股饭菜味，薅一把头发，穿过手指缝的发丝里白多黑少。我想起林伊年对我说的话：你不知道，那场矿难让多少人没有了爸爸。看着他的身躯，有时我会嫌弃这个邋遢男人给我遗传的坏习惯，比如坐着就止不住抖腿，再比如对生活抱怨居多。我的生物学得不好，说出来的话也没有多科学。但心中又庆幸,幸好当年的那一天,他没有去上班。

他走在我旁边,把保安鞋的鞋跟踩得响亮。游步道铺的是木板,我有些担心自己掉进河里去。他走路很快,这回跟着我慢悠悠的步伐。风也很慢,日光也很慢,一切都是轻轻的。父亲清清嗓子,他有这样的习惯,尤其在讲故事前。他说,曾经有一个矿工迫于生计管煤矿老板借了一笔钱,用于治病结婚等等,你可以想到无数种原因。后来矿上出事,煤矿老板跑了,他一直等着还钱,直到老板回来,他还上了。一会儿他又转过头来问我,你说,这样的人,是不是很有责任、很有担当?我忍住笑意点了点头,说,是的,我最佩服这样的人。我又说,那这个人为什么不自己去还?他撇撇嘴,说,老板这种人,最可恨,谁会愿意见。

四

他天天不上班,和你那个老板父亲一样没有担当。林伊年的母亲有一次这么说,我也确实没法反驳。她是个经历了很多的女人,生平遇上不少没有担当离她远去的人,于是有了越发强硬的做派,但止不住内心对爱的渴望,一次次失望,然后又鼓足勇气重新开始。林伊年的继父靠着坚定不移的意志赶走了不少追求她的人,在家里他伏低做小,承包起了所有家务。林伊年和他的关系不远不近,有着一个屋檐下的两个陌生人的尴尬。

也许是我的上门让林伊年的老板父亲想起自己还有这么个女儿。他几次到林伊年家,都被林伊年继父堵在了门外。有一次他强硬地想要闯进去,听林伊年说,他当时的脸色吓人极了,黑沉沉似化不开的浓墨,嘴里吼着,我才是林伊年的父亲,林伊年在哪儿?出来和爸爸说话。她躲在房间里,都不敢出来。目的为何,抛弃妻儿多年为何又上门?除了他,所有人都感到莫名其妙。林伊年说偶尔她看见他,隔着继父宽厚的肩背,连着害怕都消退几分。她说话时我观察她的表情,嘴角是微微向上的,眼睛飞快地眨动。按照她的说法,她母亲首先还是带着点希望的,劝说丈夫让他进来说话,后来见他歇斯底里,她母亲干脆尽量避而不见。我主动去林伊年家的次数明显增多,实在担心有意外发生。

在我们都很诧异的情况下,一些风声传来,难辨真假。杀人放火是夸张,情感纠葛是无味,听得人的心又慌又痒。话题偶尔转向那个影视城,多半涉及财产问题。或说当天火漫影视城的东边,老板的物品毁去不少;或说老板和现任妻子产生纠纷,现任妻子天天盼着老板魂归西天;或说老板四处找寻自己的血脉，不想让外人得了家财。听得人唏嘘不已。

我在晚上再次去那个影视城，想要找到真相。占地将近一万平方米，拥有几十栋房屋的影视城融入深沉的夜色，那些仿古的建筑在此刻似乎是真的降临在这个地方的旧时光，独自拥着那些历史入睡。停车坪上的车格格不入，是闯入其中的异世客。我接着往里走，寂静无声。灯笼、门窗在视觉中都是灰黑色，只有那座纯白色的桥仍能分辨。能听见的，是我的心跳声，如此明显。东边失去了往日的明亮，我摸黑靠着记忆往那间屋子走，越走越心惊，大团大团的黑色在地砖上蔓延，低头仔细瞧着，是火烧过的痕迹。幸而这座影视城的建筑大多并非全木材质，算不上彻底损毁。

我猜测这里大概是没有人的，退回桥上静静站了一会儿，脑子里的记忆拼拼凑凑，一下是矿井，一下是那次所见的影视城。影视城的这条人工小河许久未注水，露出干枯的底部。我正抬脚要走，一道声音叫住我。我说，你居然还在这里。他说，是啊，没有地方去了。我说，你怎么可能会没有地方去，实在不行找个酒店也能凑合个几天。他说，南柯一梦，梦都醒了。我说，少哼哼，少做梦，多做事。他说，我也是身不由己。我没有理会他，心中懊悔为什么偏要来这影视城。

林伊年的母亲叫我今晚过去吃饭，给我开了门以后她就立马钻进了厨房。他们三人都挤在厨房里，林伊年说想吃炸鸡，立马被训不健康，便委屈地坐在客厅里。我说，听他们的吧，今天就吃炒菜。

但也许林伊年这回真把继父当成了自己的父亲，尽管这个小心翼翼总是讨好着她们母女的人没有参与过她前面十几年的人生。林伊年的母亲也不再提要分开的事，还用化妆品尽力把自己变得年轻点，每天穿好看点，给丈夫制造点危机感。

林伊年说已经不介意今晚没吃到炸鸡的事情了，因为菜格外好吃，她大发慈悲原谅了饭桌上所有人。林伊年筷子搛得飞快，一旁继父皱着眉头喊她吃慢点。我说，是该吃慢点，这样我们能吃得比较多。林伊年瞪我，嘴巴却没停下，含着饭菜说要全吃光，让我没得吃。

林伊年的母亲后来悄悄拉我到一旁，说下周六有机会让我父亲一起来吃饭。我听懂了她的意思，答应了，心情很是愉快。

晚饭后林伊年拉着我去柳河湾。柳河湾的沿岸装上了彩灯，一眼望去，两条金黄色丝线夹住河水，河水上也洒下点点暖洋洋的金光。

林伊年拉着我的手笑着，她没有看我，我也没有看她，我们出奇一致地看着柳河湾上的波涛，在风的作用下它滚动着变得圆乎乎的腿，永不停歇地奔跑在黑夜里。

当晨光拍打河水，那里会出现一条线，而我们无时无刻不在拼尽全力跨过那条线，等待从夜晚到天明的一刹那。

飞鸟

一

整张座椅被放到与地面持平，他闭上眼睛，像是在想着什么事情，又像是什么都没有想。刮刀一寸一寸逼近他的下巴，锋利的刀片贴在皮肤上，冰冷，坚硬。他僵直地躺在椅子上，全身一动都不敢动，就像他纵使是在少年时期，也丝毫不敢违背父亲的任何意愿。

很多时候，他都会想起那天发生的事情：他坐在饭桌前，父亲的巴掌裹着那天的风狠狠地拍在他的脸上，一下子就把他打得晕头转向了。夜晚，满腔悲愤的他趁着父亲外出串门的机会，胡乱抓起几件衣物，连夜跑到了另外一座城市。也许他从小到大最大的反抗，就是要永远离开那个成天板着一张脸的父亲。

头发剪短一点就好，胡子也刮一下。他躺在放平的座椅上说。卫礼戴着口罩，看不清脸上的表情，只略微点了点头。他看了眼墙上的价目表，理发，洗头，加上刮胡子，一共三十元，倒是一直没有涨价。

刮胡刀轻快地贴近他的脖子，朝着下巴的方向一下一下划拉着，刀刃不断收割着那些抹了白色肥皂泡沫的黑色胡子，发出细微的沙沙声。也许是在喉咙上的某个坑洼部位多刮了几下，突然袭来的疼痛，让他猛地睁开了眼睛，一瞬间以为是刮胡刀割进了自己的咽喉。但很快，随着刮胡刀的离开，疼痛随之减轻。他为自己的一惊一乍感到有些好笑。卫礼用一条温热的湿毛巾给他仔细擦拭干净脸和脖子，又揉了一团雪花膏抹在他的脸上和脖子上。清新的香气弥散开来，他顿时觉得神清气爽了许多。

他慢慢用手撑起身子，抬眼看了看对面的镜子，看见自己的下巴处呈淡青色，像是覆上一层淡淡的阴影。

柳明生，你和林青现在怎么样了？卫礼问他。

早分了。还没毕业就分了。

卫礼似乎不好再说什么，嗯了一声，又道，可惜了，上学那会儿你们还挺好的。

怎么突然回来了？卫礼又问。

我爸病了。

你真挺好的。我还记得十年前你跟你爸来过这里。他怎么就病了？

还是老了吧。

卫礼弯腰把放平的座椅靠背摇起来，让他靠着椅背坐得笔直。他抬头看向镜子上方一张泛黄的海报，上面印着一个红唇细眉的漂亮女明星。这么多年过去，他依旧不知道这是谁。属实是没话找话，他问卫礼，还挂着这张呢？这么多年过去你还就喜欢这一款。卫礼笑了笑，从杂乱的电线中抽出一个圆嘴的电吹风，呼啦啦把他肩头落的细碎头发吹干净。

这是他十年来第一次回来。从昨天回来到现在，柳明生一直不敢相信，曾经甩出那么有力巴掌的父亲竟然也会生病。

虽然这十年来，曾经凶狠的父亲早已经成了母亲电话里的一个暮年老人。母亲每次打电话的时候，总是无话找话地讲起很多柳明生小时候的事情，偶尔也会讲他的父亲。最近一次打电话，母亲说父亲直不起腰，一弯下去就会疼得叫起来。

去医院啊，我又不是医生。他说。

已经去过了，得好好养着。你今年回来吧。母亲说。

那我今年回去。他说。

挂断电话之后他就开始后悔。嘴里答应得太快了，但他心里却觉得一个未完成此生使命的人，其实是不太应该回家的。

十年的时光其实过得很快，确切地说，是年少的时光过得很快，很多的东西都会像一阵风吹过一样消失不见。柳明生皱着眉头，凝望着头顶的一束灯光，终于从记忆的角落里把十年前打捞回来。那是他负气离家前的一场音乐会，也是他人生的第一场个人音乐会，地点是他学乐器的那家琴行。几首曲子都是他自己的作品，是他窝在卧室里的产物。当时台风撞击着卧室的窗户，他好像听见外面传来几声凄厉的鸟叫，打开窗户却什么也没看见，风裹着一阵雨把书桌上的纸张书本什么的吹了个乱七八糟，他费了很大劲才把窗户关上。这场台风中，他显然捉住了某些信号，灵光闪现后，铺开的纸张上很快就洋洋洒洒地写出了一首新作，并成了他在这场音乐会上的主打作品。

在开音乐会之前，父亲和他一起来到卫礼家的理发店。父亲戴着一顶黑色的鸭舌帽，坐在另一张椅子上看着他。那时还是学徒的卫礼，倒是已经像模像样成为一个熟练工，一手拿着推剪，一手拿着梳子，颇为老练地在他头上咔嚓咔嚓地修剪着头发。父亲说，剃了头精精神神的，挺好。他也觉得好，伸手摸了摸自己新剃的脑袋，有些扎手，像是一根根刺——年轻人身上的刺。

在舞台上，他努力控制着自己想摸脑袋的冲动，剪去一头长发让他感觉脑袋忽然轻了很多，很不习惯。他的眼神在音乐厅里飘了又飘，来的人不多。整个音乐厅如同一张巨大的兽嘴，父亲坐在第一排正中间，黑色的鸭舌帽压得低低的，遮住了他的眼睛，只看见一张微微上扬的嘴。他忽然意识到，父亲即将被吞噬。他闭上眼睛奏响手里的乐器，在一片掌声中轻易地分辨出了哪几声属于父亲。

二

柳明生开始感到羞耻是在上中学以后。

面对同学好奇的目光，他下意识说，我父亲也玩音乐，他还开了一间画室。在同学越发好奇的目光中，他把父亲的画室描绘得栩栩如生，具体到一个画架孤单地摆在画室的东南角，西边的墙上挂着一把什么样的乐器等等。他这样说的时候,无非是想证明自己是有艺术细胞传承的。同学于是说,难怪,虎父无犬子嘛。

学校文艺会演的时候,他总是作为压轴出场在台上演奏自己的作品。在一阵阵热烈的掌声中,他常常看着台下那黑压压一片绑着马尾辫的脑袋和寸头,下意识地想,他们听懂了吗?

是的,他们听懂了吗?这种想法一直萦绕在他心里,有时他甚至会想,作为他每首作品的第一个听众的父亲,他又听懂了吗?父亲每每听着他的作品,只能给出两个字,好听。可懂不懂也无所谓,对于他来说,演奏音乐终究是欢愉的。

直到后来,他觉得,他应该拥有一点不一样的东西。

他的羞耻感来自父亲。

那天深夜,父亲又一次轻手轻脚地披了衣服出门。鬼使神差地,他也爬起来,偷偷地跟着父亲的脚步走下黑暗的楼道。城市的灯像是永远都不会熄灭,他站在马路对面,偶尔几辆小轿车开过,短暂地挡住父亲并不算高大的背影。

然后,让他感到震惊的一幕出现了。他看见父亲在一个个街边餐馆的垃圾桶前停下来,窸窸窣窣地,在里面反复翻找拣拾着什么,渐渐地,父亲带来的那只蛇皮袋开始变得鼓鼓囊囊。

街上的路灯是那么炽热，照着父亲的身影一点点融化，像是一摊被烧化了的蜡烛，只剩几根骨头在变形的烈焰中负隅顽抗。

父亲的转身如同宿命一般，一脸愕然的柳明生赤裸裸地暴露在父亲的眼前，父亲手里的筷子啪的一声落了满地。事情的变化来得太过突然，像压垮骆驼的最后一根稻草，筷子落地的声音跟柳明生内心不知什么东西被打碎的声音一个样。在一个只有他们两个人的深夜，一根一根的筷子，沾着食物的残渣，像一根一根的五线谱，像一只一只掉羽的飞鸟，默默地飞向无尽的夜空。

那时他才发现，原来，父亲也和他一样善于编织谎言。

你还是别这样了。他这么劝，也许是出于丢人，也许是出于心酸。父亲阴沉着脸，好像什么都没听到，只是熟练地将掉落在地的筷子捡起来，塞进旁边的蛇皮袋里。

柳明生想问父亲捡筷子是要做什么。他想了想，还是没有问出口。他感到自己成了一个木偶，只会跟着人走，父亲去哪儿他就去哪儿。他多么希望，这只是父亲偶尔的一次行为艺术，他甚至希望，筷子作为一种把人间烟火送入口腔的传统饮食用具、一种人类奇思妙想的产物，父亲是要拿它去做艺术品,比如一架古琴,比如一个用筷子作骨骼的人,当然,它也可以蘸上各色颜料成为独特的笔,父亲握上一把筷子的那一刻,就是握上了一把画笔。他知道自己的想法不切实际,但仍然忍不住这么想。

你就别跟着了,你明早还要上学,早点回去睡吧。父亲终于开口了。

三

同学们都认定他出身于艺术世家,他的父亲好像还是本市的音乐名家和绘画名家,总之柳明生是个有家学渊源的艺术天才。他们甚至愿意主动为柳明生的一些叛逆行为开脱,比如留长发,比如半夜在街头游荡。他们说他是一个艺术家,而艺术家都是有个性的。

他的虚伪,终归是把他逼到了墙角。

你学,你去学。父亲夹着一支烟,薄薄的眼镜镜片因为戴了多年的缘故开始发绿。一节课一百块还是两百块来着?家里的钱完全是够的。也许你还需要一个好的乐器?咱们要买就买最好的。

他学乐器的地方在一条很热闹的街上。街上都是小吃店,小吃的种类从南到北,足足囊括了小半个中国的美食。琴行离一家杭州小笼包店最近,每次他拨动琴弦,鼻尖围绕的都是小笼包的味道。他的耳朵在烟火气里捕捉音符,轻易地将叫卖声与琴声剥离开来。

林青在几次学校的文艺会演后对他表示出了很大的兴趣。林青的名字里有个青字,却喜欢穿各种各样的红色。往往在他的表演结束后,她就腾地站起来,噼里啪啦地鼓掌、尖叫,再加上她红色的衣裙,尤为瞩目。她托了人来要他的联系方式,在社交软件加上好友的一瞬间,他脑中就浮现了这个女孩的模样。他主动打了招呼,说,林同学你好。

她当然是很漂亮的。提起林青,整个学校没人不知道是谁。下了课,她到柳明生的班级给他送奶茶,还引起过小小的轰动。所有人都认为他俩成了。他们都没有主动澄清这件事,只有他们自己知道,在每当他俩要拥有一段确定的、持久的关系之前,林青就会把距离拉远些,说,咱们是好兄弟。事实上,他和卫礼才是好兄弟。他觉得林青有点侮辱了兄弟这个词,因为她不会和卫礼一样,跟他一起逃课,一起打架,一起在半夜跑到郊外的山上去就为了看一场日出,他和她之间没有所谓的兄弟情谊。

卫礼从来不会和其他人一样对柳明生说一些酸溜溜的

话，他只会拨开额前的刘海，露出几绺挑染成灰蓝色的头发，邀请柳明生去他家店里坐一坐。卫礼家的理发店在临街小巷的深处，生意不好也不坏，总会有周边的一些老主顾来照顾他们家的生意。卫礼父亲的手艺柳明生体会过。他躺在小理发店放平了的座椅上，卫礼的父亲揉着他的两鬓，问水温合不合适。他闭着眼舒服得一句话都不想说。

他和卫礼玩了很久，卫礼才把他带去自己家的理发店里。大概是卫礼觉得两人足够熟悉，没有必要对最好的朋友有所隐瞒。他第一次去卫礼家的理发店，恍若探知到了卫礼不可告人的秘密。

小店光秃秃的水泥地面上散落着很多人被剪下的头发，十来平方米的小小空间里摆着两张理发的椅子，墙面除了白色还是白色，偶尔有一团团的污渍。卫礼打开店里的灯，灯光由镜子射到卫礼父亲眼里，卫礼父亲训斥道，大白天的，就不能省点电，赶紧关了。

卫礼也许会想，要是我和柳明生一样，是不是就可以轻轻松松去做自己想做的，而不是被按着头在暑假当理发店的小工？柳明生看到卫礼的眼睛，为自己的小人之心而感到厌恶。那双眼睛明明是干净透明到一眼能望到底。卫礼的眼神永远是那样，像一头温良的鹿。

四

楼下的杂物间被父亲改造成了一间小小的工作室和仓库，用来处理和储存那些捡回来的筷子。

柳明生大约摸清楚了父亲的时间表。深夜两点，夜深人静的时候父亲就出门把筷子捡回来，然后在杂物间里把筷子清洗干净，攒到一定数量，就会趁着天还没亮的时候，把筷子一袋一袋扛到离家不远的一个小山坡上，摊在地上晾晒一天，然后再在深夜把晒干的筷子弄回杂物间。上午十点左右，那时餐馆吃早饭的人散得差不多了，吃午饭的人还没有来，父亲就拎上他那个原先出差时用的灰色旅行包，里面满满装着一捆捆干净的筷子，一捆筷子五十双，是他出门之前就用橡皮筋捆好了的。他一家家餐馆走过去送货，对，就叫送货，销路是早就打开了的，价钱也是早就讲好了的，比市面上的当然要便宜不少。餐馆老板一手收货一手掏钱，双方都很有默契，并不需要多说什么。

柳明生不知道父亲一趟能卖多少钱，他只能看到一家家小餐馆油腻腻的桌子上，各个筷篓里都插满了父亲捡来的筷子。

柳明生假装不知道,父亲也假装他不知道。柳明生远远地避开父亲的时间表。他们活在平行的时空里,从不交错。

临近柳明生初中毕业的时候,正逢卫礼十五岁的生日。卫礼组织了一个小小的饭局,叫了柳明生和七八个玩得好的同学。那次饭局林青也去了。一群同学中,她穿着一件鲜红的套头衫,把一张俏脸映得红彤彤的,十分抢眼。整个过程中林青没有看柳明生几眼,但每次不经意看他一眼,他就想起那个放了学的傍晚,他踩在凹凸不平的人行道上,林青在他身边拿着一杯奶茶小口小口地喝着。

柳明生父亲拎着一个灰色的旅行包,意外地出现在街头,步入一家小餐馆,然后攥着几张纸币出来。

林青很体贴地没有说话。她也没有任何其他的反应,在学校里,甚至没有和其他任何人说过。她对他的态度好像也没有改变,只是在她望向他时,他总是感觉到脸上火辣辣的,这让他常常感到一种发自内心的惶恐,于是后来渐渐疏远了她。

学校里除了林青,没有人知道柳明生的父亲其实只是一个临到退休却下了岗的小公司部门经理、一个年过四十得子的父亲、一个不是音乐家也不是画家的普通男人。

听说学校门口卖糖葫芦的,总是把那个签子捡回去又用呢。

　　参加饭局的同学，开始在饭桌上七嘴八舌地讲着不知从哪里听来的新闻。

　　那个阿姨？

　　对啊，对啊。

　　她看着还挺好的啊，居然会这样。你亲眼看见了吗？

　　可不是嘛，连包了糖葫芦的那层塑料纸也不放过。难怪我上回吃了糖葫芦拉肚子呢。

　　哎呀呀，真缺德，得赶紧告诉老师，叫大家都别去吃了……

　　父亲的行为与这个阿姨有什么两样呢？晚上回到家，柳明生在饭桌上有意提起卖糖葫芦的阿姨，父亲的表情没有半点变化，只说，这样啊，你可千万别吃。

　　他忍不住提高声音，那你也别拣筷子了啊！

　　父亲搛菜的手顿了一下，脸开始红起来，眼睛睁大却有点不敢看他。

　　如果不是为了这个家，为了你，我何必呢？

　　我就应该去举报你！把你抓起来罚钱！

　　父亲的碗底磕在白色的餐桌上，尖锐的声音把饭桌上三个人都吓了一跳。接着，一个裹着风的巴掌狠狠地落在了他的脸上。

晚饭不欢而散。

五

那天晚上柳明生离开家，直接奔向了南方的一座城市。那座城市里，有他的一个表哥。

十年里，他跟着表哥一直在这座城市里兜兜转转，干过粉刷匠，上过流水线，甚至还开过出租车。十年里，除了乐器玩得越来越好，他并没有存下什么钱。他的钱都被他用来学乐器了。

学艺术就是学怎么烧钱，你得横着烧，竖着烧，一张都跑不了。这话好像是卫礼说的，又好像是林青说的。具体谁说的，他忘了。

他记得以前在家读书的时候，父亲从来不跟他讲钱。他总是说，你想做那就去做，做什么都可以，家里不差钱。这让他从前从来没有想到过这世间做什么事情都是需要成本的。

南方这座城市的东边有一座公园，公园里设了好几条观鸟长廊。鸟类的图片印在长廊两侧的宣传板上，附有介绍。他借了工友的相机,架在长廊上,长长的镜头伸出老远。那天下着雨,从雨落到雨停都没有拍到他想要的白头翁。这里有白头翁吗?应该是有的,白头翁放在宣传板极为瞩目的地方。可一下雨,鸟都见不到几只了。白鸽倒是极为活泼,细微的雨声简直成了它们的鼓点,在湖面上飞来飞去。终于有一只浑身绿色羽毛的鸟从走廊的屋檐下飞向湖面,又飞回来落在宣传板上,好奇地望着他,发出几声活泼悦耳的鸟鸣。

他忽然想起那次晚饭后沉默了半晌的母亲,母亲生下他之后就一直身体不好,已经好些年没有出去工作了,但那天晚上母亲却很开心地对他说她的身体好了许多,她打算去找一份不太累人的工作。

而他没听母亲说完就冲出了家门。

只是新的环境并没有给他好的灵感。曲子越写越烂,撕了一张又一张,直到后来,干脆不写了,几首年少时的灵感之作,他也只是偶尔在学乐器的时候才会想起,却从来没有再演奏过。

从母亲打过来的电话里,他知道父亲从他离开家之后就不再去拣筷子了,而他在外的日子里,在社会的摔打中,也终于体味到了生活的残酷与不易。而今,在离开家十年之后,他终于怀着一种复杂的心情回来了。

你找谁?他敲开曾经居住了十多年的老房子,却被开门的陌生中年妇女吓了一跳。

我找我爸——他迟疑地说出了父亲的名字。

找他啊,他家早搬走了。

搬走了?搬到哪儿去了?

谁知道呢。搬走有十年了吧,太久了,记不清了。

对了,你就是他那个学什么艺术的儿子吧?他把房子卖掉了,卖了给你学艺术,还不肯让你知道。他把这个房子卖给了我,却又向我租了几年,就是怕一搬家就被你知道。我还没见过这样顾儿女的人呢。

他赶紧给母亲打电话,才知道他们已经搬到乡下舅舅家去了。在那里,他见到了分别十年的母亲。

回来啦。

嗯。回来了。

没有预想中的激动。他很平静,母亲也很平静。

你爸在房间里。母亲朝着一个方向努努嘴。

爸,我回来了。他推开房门,一如十多年前每天上学回来一样。

啊,儿子回来了。老婆子,儿子回来了,可以开饭了。

父亲的声音，还如十多年前一样自然。

桌上，满满当当全部是他小时候爱吃的菜。

父亲给他倒了杯啤酒，又要给他搛菜。

搛着几片煎成金黄色的豆腐干，父亲的手有些发抖。他手指用力，两根筷子搛得牢牢的。

柳明生忽然笑着说，你以前还拣筷子呢。

父亲也忍不住笑了，说，不提这事，不提这事。

他们干杯，白色的啤酒沫留在唇边，像一群喜气洋洋展翅欲飞的鸟。

还出去吗？

不了。

也许是喝了酒的缘故，他的眼眶红红的。

暗语

　　我家要有钱了，我家终于要有钱了。这是李林琪近来为之激动的事。说起来，李林琪小时候听过最多的话是父母说，长大后你要努力赚钱，让爸爸妈妈住上城里的大房子。现在这个愿望不用通过李林琪就能实现，反而让她觉得很惘然。怎么一下子就变了呢？轻飘飘的钞票飞起来，竟也会砸倒他们家的破屋，那些纸，锋利又单薄的纸，突然重得让李林琪发晕。

　　她偷偷躲在门后，怀疑起自己听到的一切。是不是别人家？单位是万元还是元？他们打算用这些钱做什么？父母的话题却开始变了，两人都不再讲钱的事，转而说起工厂里的活计和一些乱七八糟的男女关系。这些他们是不让她听的，毕竟学生的任务只有好好学习。可李林琪的成绩一塌糊涂，唯一擅长的是写作文。她什么事都敢往里写，真实又带着泪。最近老师劝她不要写这么阴暗，要明朗一点，不然容易吃鸭蛋。从此李林琪只会在周记里写真正的生活。可什么是明朗呢？李林琪关紧房门，躺在床上，一遍又一遍地想。首先是明，日月，暑热。她穿着长胶鞋在农田里拔废苗，一两天后，又在田垄上看父亲拉着牛耕地。牛都要热哭了，它辛辛苦苦，她却在一旁吃西瓜。果肉也是烫的，爆出的汁水里一股闷熟的味。其次是朗，念书，月光。她舍不得买二十元一本的书，借了同学的带回家熬夜看完，然后在同学的催促声里还回去。

这件事她不愿意写进作文里去。她想起钱来，心头涌起好一阵虚幻的快乐。凡事她总爱多想，家人生病住院，她的眼前就浮现葬礼的场景，夜晚一个人藏在被窝里睡不着觉。家里突然有钱了也是这样，这个小小的家庭在她眼里仿佛要被金币砸得稀碎。早知三日事，富贵三千年，没上过几天学的父母在这一刻显露出智慧了。开发商在等着他们城郊这套私人建房的砖瓦掉下去，好建起新的大楼。李林琪也等着父母的安排。

等了又等，好些天过去，开发商的动静越来越大，她却丝毫没有听闻自己家要搬走的事，家里连刷牙洗脸的水都快要没有了，原来竟是她家的水电都被停了。李林琪的父母在一片黑暗中移动，这场停电虽有预告，真正来的时候仍是让他们措手不及。母亲摸黑从抽屉角落里抽出几根蜡烛点上，先给李林琪的房间点了一根，挪到客厅后又在茶几上点了一根，烛火轻轻摇晃，填满几间屋子。

有完没完！说了不搬就是不搬！父亲忍无可忍地喊道，手机几近被他捏碎。

父亲挂断了电话，母亲在他的身侧坐下，拥住他的肩膀。

这样下去也不是个办法啊。母亲说。

这种情况下，两人都没想到李林琪正竖起耳朵听。她半天没写下几个字，心全放在客厅的父母那里。

可是这钱也不够再去买套新的，近几年涨得太多了。父亲用一种近乎乞求的口吻说。他在乞求谁呢？这辈子他求得太多也太廉价，办成的事当然没几件，此时屋里的另外两个人也没能力帮他。

不然去问问你弟弟吧？他主意多，也许会有办法。

也只能先这样了。

母亲看了手机显示的时间，让李林琪先去洗漱，抓紧时间写完作业就去睡觉，告诉她水从桶里舀。李林琪去刷牙，镜子里的女孩子做出和她一模一样的动作。她想起听过的恐怖故事,一瞬间毛骨悚然,使劲几下刷出满嘴薄荷味后,逃出了卫生间。

只是她没想到这夜要睡个好觉也这么困难。父母的手机从凌晨开始响个不停,凄厉的铃声把三人都吓醒,父母骂骂咧咧关上手机后,又躺了回去。正当他们要再次进入梦乡,客厅外的门压抑着惨叫发出咚咚咚的声音。他们的左邻右舍早已搬了出去,那些人简直毫无顾忌。

李林琪缩在自己的房间里,听见父亲犹疑的脚步声。他走动几步,像是走到了大门后,又走几步进了厨房,应该是在找防身的东西。她的呼吸声渐渐和父亲的脚步声同频了。他走到大门后,没有打开门,只是站在那里。一阵细碎的脚步声,大约是那些人走了,她想。这时她才终于有了睡意。

上学的这一天,李林琪始终打不起精神。昨夜的事情让她心神不宁。她走到公交车站台,这条路没有铺沥青,水泥地面光裸着,滚动的车轮卷起灰尘,她不由得捂住了口鼻。四十分钟后李林琪在车上摇晃,拥挤的车厢内,她闻到了不同的气味。这些气味来自房屋的日夜陪伴,清爽的气味来自整洁的家,怪异的气味来自邋遢的家。她身上的气味却有洗不掉的泥土气,这也使她在学校有时会感到勇气不足。

她回家时赶上二伯过来。二伯摸了摸她的头,说,快去收拾东西,过两天你们就搬走。

我们要搬去哪里? 李林琪问。

先去水利局那儿,也就是我家附近住几天。到时候你就等着搬进新家吧。二伯回答。

李林琪觉得简直是把她当什么都不知道的小孩哄了。量词的使用只有对容易相信的人才会不严谨,她小的时候就明白这一点。大人口中的"很快"其实是"很久",说是"几天",意味的可能是遥遥无期。某年冬天,父亲带着她回老家,她坐在摩托车后座,手指冻得像萝卜,父亲说很快,马上就到。两个小时后她已经嘴唇僵硬,快不能说话了。

一个月后,李林琪住进了七中附近的一套两居室。这是别人的旧家,却是她的新家。母亲的眼眸中映着头顶那盏吊灯,盛开的淡粉色莲瓣样式,在天花板上投下一个灰黑的影子。这吊灯都比李林琪高兴,它满怀激情地闪动几下之后,彻底不亮了。母亲的直觉很敏锐,她不用听女儿说话,余光一瞥就晓得这小丫头心里在想什么。

你不乐意什么,你又懂什么? 这里离你将来的学校近,破一点,小一点又怎么了? 你读上几年,再把房子卖了……总之小孩子别管这么多,把成绩提上去比什么都重要。说完,母亲提起袖子,戴上两只橡胶手套,去打扫厨房了。

无论在哪里，什么处境，人总是有烦恼，哪怕说起来再光鲜。邻居来打招呼时特地送来一个捕鼠笼，请他们一定放在厨房里。邻居说，这飞檐走壁的老鼠，要联手把它消灭，说完笑吟吟地和他们告别。李林琪蹲下身子把捕鼠笼放在瓷砖地板上，笼子从来都是空着的，吃光的诱饵和四处的排泄物证明老鼠确实曾经光顾。

付星听闻李林琪家搬走了，说想来玩。出于三年的友情，李林琪找不到合适的理由拒绝，只能不情不愿把她往家里带。付星来之后在客厅坐了一会儿，母亲端来果盘后，她们带着果盘钻进了李林琪的房间。两个女孩子打打闹闹出了一身汗，累了就躺在床上休息。

今天他听说我要来你家，有意无意向我打听你家在哪儿呢。付星说。

那你告诉他没有？

当然没有，我可不会出卖好姐妹。付星笑起来。李林琪被笑得有些脸红，她却清楚这不是出于害羞，准确来说是一种厨房里老鼠的排泄物还没打扫，努力藏起却被发现的尴尬。她只能装作去打付星的样子，让这时刻虚张声势地落在付星肩膀上。两人又是一阵闹。

她的确时常感觉到他的目光。他的目光轻盈地飘向她，不叫她讨厌，不叫她喜欢，却让她高兴，仿佛那就是单纯的注视，和看一本书、一棵树没有什么不同。可李林琪有一种被解读的快乐，像在期待被发现破烂句子的一本书，等待大大方方的承认。什么是美呢？天真的眼神、青涩的身躯，连产生的疼痛都温柔得像风，这也不是属于李林琪的美。

你以后要读七中吗？付星突然问。

我的成绩也只够得上七中吧，你以后去了一中，一定还要来找我玩。李林琪说。

李林琪也不知道付星会不会来，她的朋友们如同泡沫，不经意间就消失得无影无踪，留下一堆回忆造出来的肥皂水，连名字都被洗得干干净净。从李林琪房间的窗户看过去，一线金色在眼前的房屋身后闪动，她看不见那边的太阳，只看得见一扇扇紧闭的窗户和静止的彩色窗帘。付星往那线金色射来的方向离开了，她婉拒了李林琪父母为她打的出租车，低头走进一辆黑色的轿车里——她父亲的司机被安排过来接她回家。李林琪想，那辆轿车自己的父母得守着那冰冷的机器多久才能赚到啊。

日子倒是越过越像样了。李林琪感觉到整个家庭沉浸在欢快的氛围里。七中在这次的大考中表现异常好，在学校这些消息传得飞快，虽然七中也没有改变在人们心目中的地位,但大家都觉得七中有些不一样了,连带着七中附近的房价也变得很有希望。这种希望也悄悄改变着他们。

有一天母亲很气愤地回来,她在为食品的塑料包装打生产日期时,忘记调整机器,将日期打成了前一天。竟然要五百块,他们竟然要扣我五百块!母亲越说越觉得难以忍受,当即决定甩手不干,要在家里休息看看有没有好点的工作。父亲对此没有异议,只有李林琪有些担心。

晚餐做了鱼,鱼是从市场里买来的,现挑现杀,母亲仔仔细细按红烧的方法做了。三人还是觉得没有原来自家鱼塘养的好吃。市场卖的鱼都吃的工业饲料,长得快,肉质也糙,毕竟自家用的都是山间拔下来的草料。母亲说。

付星这时候打来电话,说是有秘密要讲,犹豫了半天,在李林琪忍不住要挂电话时才终于说了。付星说,他要转学了。李林琪波澜不惊地"哦"了一声,没有问缘由,说,我在吃饭,有什么事之后再说。然后她们似乎都忘了,也没有再提起。她们还是和以前一样玩在一起,但仅限于在学校。付星总有话要跟她讲的样子,她的预感让她每每看见付星露出那副表情就回避过去。付星约了人出去玩,李林琪明知自己已经不再会被邀请了却还是忍不住期待。

一般来说,不是相似的人更容易成为朋友吗?她与付星如此不同,付星留着齐耳短发,她的头发则长至腰间,两人的差异比头发长短的区别大得多。为了不惹对方不快,她们开始绕开一些话题,这份小心翼翼反而让两人之间变得生疏。但所有人都匆匆忙忙的。学习、考试,时间在这两项事务中越来越密集,让人有些喘不过气。不会做的事就拖着,拖着拖着,日子往后就自然而然会做了,这是父母教给李林琪的人生哲学。

转眼到了暑假。这个暑假李林琪是在老家度过的,父母依旧在上班。她常常帮留在村子里的奶奶做一些农活,晒得黑了,也瘦了,可她到底觉得自己像被放生的鱼,欢快地在水里游动。她给河流中游来吃食的胖头鱼配音,说,给我吃一点,给我吃一点。它们的脑袋大大的,别的鱼是腹中藏书信,胖头鱼和她一样什么都藏在脑袋里。老邻居家的孩子也回了村子,递给她小卖铺里的热可乐,气泡都飞光了,剩一杯甜得发腻的糖水。

你不打算念书了吗?

嗯,不念了,可能会去广东。

广东?

对,有朋友在那里,也有意思些。

老邻居家的孩子比她大上几岁,她却好像看到了他以后的人生轨迹,平庸又充满烦恼,也许有点机遇,也或许某一天就倒了大霉,简直是翻版的李林琪父亲。新学期开始后,李林琪如同忽然开了窍,成绩从班级中下游冲到了前几名,之后虽也有波折,但整体是上去了。父母很欣慰她成为一个即将有点出息的人,零花钱越给越多,像是花钱就能买到分数,花在他们自己身上的钱却依然斤斤计较。他们没有念过几年书,因而对李林琪这个读书人有了一些崇敬,提起念书的事情,他们总是一副自己不懂,她说得都对的样子。倒是付星的表现让她很不是滋味,向来她被付星压了一头,付星通常都是鼓励她,现在她能够和付星一起考上一中,付星完全不是高兴的样子。李林琪明白是怎么回事。她仿佛把付星打败了,心中藏着一点卑劣的得意,李林琪知道这样不对,却控制不住情绪的生根发芽。

　　不高兴的事情还有一桩。父母想趁着房价热的时候把现在住的这套房子卖了,换一套新房,大约是觉得将来李林琪是要上一中的,没有必要再留着这套房。来看房的人很多,大多在李林琪上学的时候来,她觉得自己的隐私被人窥探了。玻璃窗筛下来黄昏的光,她看见陌生人带来的灰尘在一片寂静中回旋,这灰尘来自路边,来自乱七八糟的、不知道的地方,令人生厌。李林琪闭了一下眼睛,脑海里浮现的是老家的画面,夏天的西瓜和冬天的火堆,以前受过的冷和扛过的热竟也成为一种独特的体验。

李林琪第一次收到别人的羡慕是在随着父母来到城里的第二年。她说话不再粗声粗气,不再动不动就大呼小叫,这样会被别人瞧不起。遇到惊讶的事情她就轻轻捂住嘴巴。她的心里时时刻刻在担忧,自己刚刚说过的话,是不是又令人不高兴了。那次她回乡参加爷爷的葬礼,丧乐吹打了一路,纸钱也扬了一路。纸钱上写着"天地银行",是地名加银行二字的取名模式。爷爷也是去了天地间,她这么想,不然爷爷定然收不到他们的思念。火星子追在她的身后,老邻居家的孩子站在山坡上也追着她走。

后来下起了细雨,她跟着送葬的队伍走到山上去,踩了一脚的黄泥,黄泥湿漉漉地黏在她皮鞋边沿的凹凸里。老邻居家的阿姨把李林琪拉去他们家,用院子里的水泵抽了一盆水,拿着毛巾给她擦鞋。李林琪单脚站着,另一只脚被阿姨抓在手里,她有些不自在地想抽回来。阿姨却喝了一声别乱动。那孩子站在一旁边冷笑边看她,一种难以言说的氛围笼罩了她,她感到自己被怨恨。阿姨给客人的宠爱不仅出于对晚辈的关照,还出于他们之间的不同。他人的人生际遇有时会被尊敬或轻蔑,李林琪也不知道为什么对几乎不会有很多联系的人也会有这种情感，明明过好自己的生活已经足够累了。

她也会这样看人。某一次李林琪这样盯着别人的时候猛然惊醒，原来她也会这样看人，这种眼神人人都会有，自己也不例外，只不过有人藏得好不被人发现，有人怎么藏都藏不起来，有人藏的时候面目扭曲还自作聪明。

来看房子的人中，有一个开出了父母理想的价位。李林琪恨着这个穿绿色夹克衫的中年男人，他仿佛是夺走自己安定居所的凶手，同时又忍不住爱他出手阔绰。他像一只大金袋子，抖一抖就让他们家轻松好几年。这件好事的发生在亲戚间口口相传，他们说连李林琪家都要住上城里的好房子了，说李林琪家难得交了大好运，说什么时候他们会把老人接过去享福。李林琪听着这些话，忽然发现自己长大了，有些话也能听出言外之意了。这件事说不上好，也说不上坏。

不知什么时候开始付星不再和她说话。不是刻意地不说话，而是没有到必须要说话的时候两人就不说话，这比吵架更让李林琪难受。她有时想和付星争吵，互相浇倒怒火，可连吵架的由头都没有，没有谁做错了事情，何必去怨怼，去惹嫌呢。

只有李林琪的父母是真的高兴。父亲工作回来仿佛是度假回来,他精神满满地讲起来厂里各种事。母亲则整日盘算着新家该买些什么样的东西。

房子的装修很慎重,李林琪的房间是特地带她去家居城挑选的成套家具,从晾衣架、衣柜、床头柜、床到书桌。她说自己不喜欢粉红色,店员和父母却都说女孩子嘛,粉红色好。他们冷落了她的意愿,她为此觉得无力,好像他们一厢情愿地成全着自己的少年时代。但真正住进去以后,在整晚粉红色的梦魇中,她又确实感到亲情的流动,真矛盾。

冰冷的家里没有人味,于是他们邀请很多亲戚到新家做客。饭厅一张圆桌旁不停地加凳子,加到最后坐不下了,母亲站起身来说她就站着吃,匀出一个人的空当,众人才肩膀紧贴肩膀坐好。饭厅所有的灯都打开,有一盏灯意外地活泼,红蓝色光条不断在所有人脸上跳跃。满座都是笑脸,李林琪也是,仿佛这是乔迁饭桌上的义务。

付星最后一次打了她的电话,从此那个熟悉的号码再也没有来电,也不再备注上“可爱星星”这一类亲密得肉麻的名字。它只是万千号码中的一个,排列组合的数字游戏。

你出来一下,我们可以到老地方。最后这件事我还是想要跟你说。付星说。

……电话里说就好,我听着呢。李林琪有些喘不过气来,手指也在发抖,她不明白自己为什么觉得委屈得要命,又为什么止不住流泪。

付星的呼吸声也在加重,有什么卡在她喉间,她声音嘶哑,每说几个字都要停下来平复一下。

我其实,一直嫉妒你,从外貌到后来你的成绩,还有很多。付星说。

李林琪忽然笑了,这笑有点突兀,不那么恰如其分,却是她的真情实感。

她说,我也是。

她们又说了一些话,和以前无话不谈时一样,什么都聊,一切好像都没有变,但谁都知道这是最后一次。这是她们无声的默契。

再见。

再见。

电话就此挂断了。

在重要的日子里人们会想起过去的遗憾,不由感叹我们竟蹉跎了这么多时光啊,为了和解我们各自牺牲了这么多啊,要是早点和解就好啦。没有离散就没有和解,大概只是自私地想要没有心结,想要余生轻盈。显然有些自恋,她和付星都是,包括这刻意的、姗姗来迟的和解,不过这些都已经不再重要。

眼下李林琪刚刚记住新家的位置，六号楼在小区的中间段，离马路有些远，因而也听不见车辆的声音，颇有些静谧的好处。李林琪有时会围绕着小区内的花坛跑步，到了略微倾斜的下坡路开始冲刺。她渐渐体会到生活的重量，只有这时她才感觉脚踏实地，像是过去她坐在田垄上看日升月落，一把竹椅一坐上去就咯吱响。后来他们在酒店正式办了一场乔迁宴，李林琪坐在前面帮忙记录礼金数目，一百元、两百元……礼金簿翻了一页又一页。曾经自己在门后偷听父母的对话，想到这里她不禁哑然。

新家也没有她想象中那么好。窗户很小，楼层又太高，时常晒不到阳光。夏天总是闷热，空调整天整天地开着让她嗓子发疼。要说缺点真是一大堆。大概是期望已久的事情终于实现，失去了那种令人心焦的渴盼，反而变得毫无吸引力了。

毕业时，李林琪抬眼看向那个空空的座位，想起付星告诉她的事情，成全她虚荣心的男孩子早已离开了这所学校。她又想，世上凡是消失，都有难言之隐，无论是突然间还是隐秘无声。

付星在讲台上指挥大家把桌椅摆好，一副小领导的派头，与她父亲一脉相承的严肃模样。然后是整理各自的东西,书本摞起来,足足有一人高。书中飘出一张铺满文字的稿纸,飘到李林琪前桌的脚边。前桌捡起来问这是谁的,传来传去,到了第一排同学的手里。

付星隔了点距离也认出那大约是李林琪的笔迹,刚要拿过来就被传走,只能大声地喊着让同学们停止传看。

李林琪也喊道,快拿过来!快还给我!这时的她笨拙又冲动,惹出大家一连串善意的笑。她憋红了脸,在一片喧闹中怅然若失,那些稚嫩的语句让她觉得羞耻。她写作文写周记总是很认真,那些无法吐露的心思她绞尽脑汁用文字粉饰,逐渐成为她一人的暗语。怀念吗?也未必。写过的东西都是从她身体里掏出的过往,她并不期待被还原真实,也不希望再次体验那些狡黠的、避无可避的情绪。

快还给我!快还给我!

她急得要流泪,冲上前去夺过那张纸,几下扯成碎纸片,纸片像树叶发出干枯的碎裂声。

那小小的、无名之辈藏起的心声在空中分裂成无数块,如同纷纭的尘屑散落天涯。他们哄笑着,打闹着,敷衍出一段属于他们的欢乐时光。男声女声此刻交织成一团,渐渐淹没了李林琪与付星的声音。

她们不小心对视了一下,然后淡然地各自移开了视线。

空洞

一

如果你在昨天之前看过 2 月 14 日的报纸，你将会看到麦力唇角微掀的照片。照片里几人站着，麦力站在最中间，穿着线条利落的西装，身材高高大大，有些发福，头发是很精神的板寸。报纸出来的当天，他拍了张照发到群里。引来了一帮群友竖起的大拇指，说，一个个都混得人模狗样的。但在昨天之后，麦力拿不起家里的报纸给人看了。麦力家里唯一存留的那张报纸上，照片中麦力头部空了，一大张报纸上突兀地多了一个圆圆的空洞。

报纸堆在一堆书中，麦力来来回回走了几次都没发现。晚上对着灯光欣赏报纸时才发现上面他的头被烧出一个洞。他拿起报纸翻过一面，背面报道着 13 日青城城郊接合部大片失火，连着烧了整条街。那场火大得报纸上他的头都被烧了，他这么想着，然后端起报纸对着灯光，洞里透出光来，报纸发出一股焦味，洞的周围从深褐过渡到深黑。发亮的灯管卡在洞中，除却洞，其他的部分都是暗的，像是开了一只天眼，像是天井，又像是阁楼。这洞在他眼中不断放大，一瞬间他想到了安菲赤着脚爬梯子上阁楼的样子。阁楼是封闭的，没有一扇窗户，灯坏了，本该是一片漆黑的，但屋顶破了一个洞，日光偷摸着进来，阁楼那块就亮了。安菲踩在竹梯子上低头喊他，快点上来。她穿着白色的裙子，裙角微摆。他说，我看到你裙底啦。安菲噌的一声上去了。

麦力第一次见到安菲还是那年冬天他负气独自离开家的时候。他把装满教材的书包掏空，然后塞上几件衣服就咣当一声摔门离开。他觉得自己的背影潇洒而帅气，仿佛下一刻他就仗剑走天涯，不回头。然而现实是他蹲在街头，找不到一间酒店能够收留身上只有十块钱的他。

冬天的夜里很冷，他长过膝盖的羽绒服把他裹得像一只虫，还是一只可怜虫。他哆哆嗦嗦坐在公园边的长椅上吸烟，吐出一口，不知道是烟还是他身上的热气。

附近忽然传来几声抽噎，麦力先是一惊，然后凝神听了足有半分钟,判断出那是个女生,且距离他不超过五米。他抓起身旁的书包,起身往花池后面走。

果然,一个女生蹲在花池旁哭。路灯暗淡的光洒下,她身上穿的棉衣麦力分不清颜色。

他掏出一包纸巾走近她。女生抬起哭得有些狼狈的脸望着他,几绺发丝被泪水沾湿,贴在额前。

你还好吗?他试探性地问了一声。

那女生立马往后一缩。

他赶忙解释道,别误会,别误会,我不是坏人。我就是看你,大半夜的,你说,你这也怪吓人的不是。

女生道了声谢,站起身来,有些警惕地接过他手里的纸巾。

他这才发现女生扎着土气的麻花辫,两条辫子直直垂到胸前,一双眼睛又红又肿,鼻尖一颗黑痣随着她的抽噎一上一下地移动。

他犹豫了一下,又转身坐回长椅上,但余光一直注意着她。

困意渐渐袭上来,麦力戴好帽子,把羽绒服的拉链拉到顶,靠在长椅上睡起来。迷糊中他感觉到有人在他身旁坐下了,温度从身侧传来。麦力回想起与家人的争吵,明明只是为了一点小事，却可以迸发出这样多的怒火，原本再亲密不过的家人在那一刻手执最锋利的武器伤害彼此。他却又忍不住生气，拉不下面子去求和。

直到太阳升起来，阳光猛烈地照射他的双眼，他才迷迷糊糊睁开眼睛。来来往往的人快步走在街上。

那女生居然就坐在他旁边睡着了。麦力想，真是两个奇怪的人。

你这离家出走，走得可真够远的啊！麦力的爸爸盘着两个核桃，手握成拳头，啪嗒一下敲他头顶上。他开车路过，正巧发现麦力垂头丧气地徘徊在家附近，简直哭笑不得。

于是下一次离家出走，麦力握着一张破旧的纸币登上了一趟班车。这趟班车来往于几个县城之间，他看清楚了贴在挡风玻璃上的"涂县"两字，心里也不知道钱够不够，只想着赶紧到小西村。售票员腰间挎着一只黑色的小皮包用来收钱。车上满座，麦力就坐在司机座位后面的一个小台子上，乡间的路破破烂烂，一颠一晃地险些让他狠狠摔了一跤，幸亏售票员伸手一拦，他才完好地随着晃晃悠悠的车坐回了老家。

小西村的夏天盛着清澈的山泉水，牛叫声、羊叫声，甚至鸭子翅膀浮水的声音都交织在一片淡黄的阳光里。他偷溜着回老家的那天，在错落的群山间顺着弯弯曲曲的泥路一直往前走，不一会儿就走到了一条死路，只得原路返回，路上还遇到了一条凶猛的看门狗，那狗毛色乌黑发亮，汪汪几声大叫让麦力在慌忙中差点跑掉一只鞋。刚巧表姐拎着刚摘的菜走过来，喊了声，弟弟！他忙穿好鞋子跟着表姐往家里走。他看着自己的影子，又抬头看了看天，天上的云细细碎碎，像扯断了的棉花。

路的两边是草木恣肆的田野。沉积已久的郁气在这样的天气里慢慢蒸发，他觉得心情舒畅极了。

一个女生迎面走来，那女生拎着红色的塑料桶，瘦长的身形如柳条。她手中的桶沉甸甸的，几条鱼挣扎想要跳脱，尾巴把桶子打得啪嗒啪嗒响。

吃鱼不，刚从塘里捉的。女生红着双颊把桶递给表姐。表姐接过桶说，这是我弟，麦力。

女生有些吃惊地望着他，说，是你！

麦力盯着女生两条长长的麻花辫，想起了她是谁。

接下来的日子里，她带着麦力在山中四处游玩，麦力是在城市里长大的，一切对于他来说都十分新鲜。那些不熟悉的事物渐渐在他心里生根发芽，成为难以磨灭的记忆。

在涂县的小西村他度过了一整个夏天，夏天一结束就背着行囊匆匆离开,回去上学。安菲是小村子里的姑娘,成年之前去过最远的地方也就一个青城。她时常眺望她目送麦力离开的那条路,那时她站在高处远远地看着那辆中巴车白色蠕虫一样在路上爬,丛丛杂草覆盖的土坡上落了一滴泪。

她如花儿一般绽放了,却没有人看,只能一日日对着似乎永不改变的山岩。憧憬与思念在她心中一点点膨胀起来,在她逐渐成熟的年月里,占据了她大部分心神。她越发想要离开,于是她对家里的老人说,我要去找爸妈了。老人伸出颤颤巍巍的手从匣子里掏出几张纸币,塞在她怀里。她坐上了去青城的车,心里却明白自己其实是想去找麦力。

二

家门口的那盏路灯,让麦力心情低落下来。他拿了钥匙开门,妻子林素妃正在一片黑暗之中打鼾。他们近来的生活是这样的:麦力早晨起来上班时,林素妃窝在床上,而麦力下班回来时,家里已经漆黑一片了。他总觉得这个家里有一个鬼魂,而鬼魂是不需要开灯的。林素妃仍然窝在床上。她不再洗衣服做饭,连孩子上学也不送了,仿佛在抗争着什么。他试着握了一下她的手，她却推开了。

麦力头昏脑涨地接着班主任打来的电话，说麦力的儿子已经连续三日没交作业了。他想象不出自己现在的模样，只觉得再过几天他一定满头花白。他想，孩子寄宿在学校，打电话给他有什么用呢？他也没有千里眼来时时刻刻盯着孩子。但最后他只得又跑了一趟学校。

他走在学校里，轻而易举地找到了班主任的办公室。学校里来来往往的都是穿着校服的小年轻，刚洗完头的小女生披着凌乱的湿发走在操场上。他感觉自己的生命在流逝。他打电话约安菲出来。安菲穿着一条红色的裙子，抬头望着满树的黄桂花，她鼻尖的痣让他感到一种活力。他走过去拥抱安菲，一边拥抱着过去的自己，一边拥抱着未来。他听到自己血液滚动的声音。

之前他和安菲之间的联系是断了的。刚开始有一段时间，安菲还会和他通电话，在村里唯一一家小卖部。红色的电话放在透明的玻璃柜上，玻璃柜里面是各式各样的烟。

他知道天光细细碎碎洒在安菲脸上的样子，眼角微红，沾着点泪水，如清晨湿漉漉的、嫣红的花瓣。她会蹲在小卖部的电话旁边，听到电话铃一响，会赶紧凑过去问，是找我的吗？得到老板肯定的回答后她会兴奋地拿起听筒。小卖部门口坐着一桌在打麻将的人，安菲的声音夹在噼里啪啦洗牌码牌的声音里。他们的声音在听筒里有些失真。安菲说，你那里是傍晚吗？麦力说，是，不远处的地平线上正是一轮火红的落日。

在可能颜色相似的夕阳里，他们已隔出上百公里的距离，放风筝一样，相隔遥远的两端，唯一的联系就是那一根细细的电话线。麦力在电话里知道安菲最近去了镇上的中学念书，成绩算不得好，但也不太差。他以为他们会一直这样下去，也从未思考过未来。然而，他回到青城的几个月后，在书房的一本书里，发现了父亲夹在里面的遗书。在一片哭声中，他茫然地盯着扎好的一束纸花，脑子里空空荡荡的。一个高大的身影在他的世界里轰然倒塌。他向学校请假一周去料理父亲的后事，随后他与安菲的联系渐渐少了，之后就再也没了联系。

风筝线在安菲来青城的时候收回了他的手里。他小心翼翼地一点一点收起，生怕扰了旁边的线。

安菲说，我倒了两趟车来的。第一趟从郊区开到市区，第二趟，说到这里她忽然笑了一下，从市区开到你这儿。她与人合租了一个在城郊的三居室，常常窝在自己几平方米的小房间里。墙皮剥落，楼上的水把天花板浸湿并化作了一块一块的霉斑,安菲晚上盯着那一块块显眼的深色入睡,夏天老吊扇转起来发出吱呀吱呀的声音。她每天极早起来去上班,天微亮时就叼着早餐去赶地铁,晚上回家路上甚至能倒在地铁座位上睡着。

三

最近这些日子麦力常常忘记重要的事情。他很明显地能够感受到自己遗忘了什么事,努力去想却怎么也想不起来。林素妃表情奇怪地盯着他,总是有一些莫名其妙的举动,比如使劲嗅他身上的气味。他整理好着装,想要出门时,会突然忘了约好的地点在哪儿,钥匙拿在手上却满屋子乱窜去找钥匙。他渐渐升起一种无力感,他的筋骨是有活力且健壮的,他却莫名地觉得自己的血肉在一点点脱落。这种无力变成一种难言的焦躁与不安,终日伴随着他。

麦力是吧?你签个字。快递员从小车里抱出一个沉甸甸的箱子。

近来让麦力签字的人很多,这是最不客气的一个,然而他享受这种不客气——大嗓门坚定而有力地破开他混乱繁杂的思绪。他像是在航海中迷路的人,心中知道终点,却在风雨里坏了指南针,丢了方向。

麦力最害怕林素妃疯了一样跟他吵架,他在林素妃的话语下常常无处可逃,她的话太在理又太尖刻,麦力一点反驳的底气也没有。每每吵到一半她就话势一收咯咯笑起来,然后歪着脑袋看着他。这种笑容里带着十足的危险,似乎下一刻就会变成一把火,把麦力烧成灰。于是他通常会甩下一句,跟你就是没得讲。

麦力和林素妃吵完架,会想起安菲。印象最深的是安菲咬着一根发圈,细长的手指把黑发绑起,零碎的头发不听话地跳下来的样子。

他去见安菲,安菲一副哭过的样子站在那里。他忽然感到一阵厌烦。安菲说,你都不问问我是怎么了吗?麦力顺着她问,那你是怎么了? 安菲又落起泪来,陌生人都比你会心疼我。她断断续续说起她在出租车后座上哭,说起陌生的司机都会安慰她。麦力只得哄她,在这青城,有谁会比我更加关心你呢?安菲想起初遇时她迷了路,半夜在街上徘徊,遇到给她一张纸巾的麦力,又想到第二天回去连一声问都没有的父母,忽然在一片慌张中抱紧了麦力。

你会一直在我身后,对吗?她问。她抱着这个男人,就好像穿上了铠甲,所有指责她的面孔,通通成了无意义的虚无。

我相信你,我相信你。这是安菲刚把钱给他时说的话,她重复了两遍,语气一遍比一遍重。她本来没有多少钱,竟然把奶奶留给她的金镯子和金项链变卖了,再加上近来她拍视频赚的钱,几乎都给了麦力。

麦力紧紧攥紧手心里握着的钞票,上面留下一点汗渍,都是承诺的味道。他本没有什么信心,此刻他却感到信心十足。

安菲来到青城后,反复倒车、赶地铁的日子并没有持续太久。安菲丢掉从前在小西村穿的旧衣,学着青城的女生穿着简单却时尚的衣服,偶然间被人拍照放在网上,她也有了一点人气。借着网络带来的人气,安菲开始学着如何去制作视频。

安菲的美是实实在在从泥土中生长出来的,是摇曳在枝头的山茶花,是清清山溪边的葱绿青草,网络在传递着这种美丽,更多双眼睛能够看到这个来自小西村的女孩。这足以让安菲走出那个遥远的小山村,遗忘那个偏僻、每到夜晚八点就几乎一片漆黑的小村落。但这个世界上除了小西村,她不知道哪里还能够安放自己的灵魂。

后来他也时常带着安菲一起去和朋友们吃饭,带着那么点炫耀的意味。推杯换盏间,安菲每次都醉得双颊通红。

四

麦力的手机屏幕亮起来，是儿子的班主任。

麦力好不烦躁，一定是这孩子又不听话了。接起来却听到班主任急迫的呼吸声，然后听见"晕倒了"三个字。安菲给他打电话叫他过去时，他说，我在医院。

你病了？

没有，唉，是儿子病了。他的语句中不由加入一声叹息。

儿子躺在病床上打游戏，专注得连饭都顾不上吃。麦力连喊几声吃饭了，儿子嘴里连连应着好，却是头都没抬一下。游戏就是吊着你命的药。麦力笑着说。儿子不以为然地吐了吐舌头。

吃饭吧，吃了饭病就好了。他端起碗放在儿子床边的小桌上。

爸爸，我忽然想吃糖。你吃过那种糖吗？就是像个小西瓜一样，但是只有你大拇指这么大的？

麦力问，有很多颜色的那种对吧？小西村的小卖部里就有，一毛钱一颗。他记得那时他和安菲在炎热的下午，会去小卖部里买上几颗，然后嚼着糖去林子里捉麻雀。

小时候我们经常吃。他说。

他为着儿子的病日夜担忧，在儿子面前却不得不摆出一副轻松的样子。他找了很多人，有的远远避开他，有的出于怜悯给他点帮助。这实在太正常了。前段时间他做生意不顺的事情传遍了朋友圈，再加上现在还有一个生了重病的儿子，更加没有人愿意借钱给他。安菲这时候站出来，起先他是不愿的，但安菲不断安他的心，说，就当我是投资好了，我还等着你的回报呢。

在这样的处境下，他拿着安菲的全部家产去搏了一把。满山的茶树终究是长出了金叶子，公司里那张宽大的真皮老板椅终究还是属于他的。

五

不会有比这个夜晚更糟糕的时候了，一道闪电令整个房间亮如白昼，阴郁、不安的空气飘动在他的鼻息中，并在家里蔓延。忽然有一双手紧紧揪住了他的心脏，手的主人说，你生了病。麦力醒来，身旁空着，床单冰凉一片。他起身走到书房里去。

麦力就在这样的环境里想起了安菲的眼睛。安菲的眼睛由一双变成十双,再变成百双,直到整个天花板密密麻麻的都是她那双眼睛,最终融合又回归成一双,让毫无波澜的死寂,揪住他的心脏。

林素妃躺在沙发上,客厅也没有开灯。整个家里唯一亮着的地方,就是他的书房。他正端坐着看 2 月 14 日的报纸。

安菲的电话昨天打过来。

麦力,我这里着火了。

你说什么?

我说,我这里着火了! 安菲近乎是吼着说的,她又嚷嚷着说了些什么,全被淹没在一片杂乱的人声、车声中。

夜晚时分的火海比起此刻紫蓝色的天空更加明亮,远远的,麦力就从各种建筑的缝隙中看到涌上去的浓烟和耀眼的火光。

我的东西都在里面,这下什么都没了。安菲望着涌动的火海说,没有回头看身旁的麦力。麦力说,人没事就好。他的话语显得虚弱无比,却又充满温柔的爱意,他爱上自己这样的姿态,因而容忍了自己暂时的虚伪。

安菲的嘴角呈现出一种诡异的弧度。她的脸孔苍白,惹人心生怜意,鼻尖的那颗痣仿佛肿胀起来,下一刻就要破裂,腐烂,流脓。她颤抖的肩膀终于显露出她压抑下去的情绪。她已然顾不得分辨麦力的话,这场火突如其来,烧断了她紧绷的弦。

火光和烟一起,要把天空烧出一个洞,烧出一个透光的阁楼。火焰跳动着,就像安菲曾经想起麦力时颤动的心。

晨风推着他们走在青城的河畔。涂县小西村那条河往北流,流不到青城就绕到了东边,流不到海里就断了。

安菲捡起一颗石子,手腕发力,石子纵身跃入河流。这时候她才发现,一圈圈漾开的涟漪,就像一个个大大小小、空空如也的洞,洞的最里面是麦力,最外面的是她。

彼岸

一

她用皮肤所能感到的潮湿来感受河水。河水从她白皙的指尖滑过,然后向前流动。湿度,温度,河水里偷偷藏着一个炎热的夏季。四周的蝉鸣向她压过来的那一刻,她忽然觉得世界是一个巨大的透明玻璃体。河流归置到玻璃管道里流动,一望无际的天空上装着很多个音响。在这个透明的世界里,一切都井然有序,避无可避。

我该藏到哪里去呢?她问自己,手里的纸片显出几个弯弯的月牙弧。

她年幼的妹妹是个十足的跟屁虫。只要她一回到家,立刻跟在她的身后姐姐、姐姐地喊。她去厨房,妹妹也跟着去,她炒菜,厨房里油烟味呛人得很,可妹妹就是站在一旁盯着她不肯走。到了夜晚的时候,跟父亲打完视频电话,妹妹就要抱着她的手臂睡觉。明妍叫她去隔壁奶奶的屋子,妹妹装作没有听见。奶奶为此训了妹妹好几次,说不要干扰姐姐学习。听说妹妹在外面也有时会和同学们炫耀,说自己的姐姐这次又考了年级靠前的成绩。前段时间,为了她的考试,奶奶变着花样给她炖汤,光是鸽子都炖了好几只。

她抬眼望向河的另一岸,繁密的草如同铺开的巨大地毯,偶尔有几棵树顶着一头深绿色的乱发从草里伸出头来。一条小船缓缓向她驶来,船体破开水面,留下淡淡的痕迹。船靠岸的时候,她攥紧了手中薄薄的纸片,一叠再叠,把有些硬度的纸片叠成小小的方块放进口袋里。

一个皮肤黝黑的男人在船停稳后从船上下来了。夏季的温度仿佛他额角的汗珠,缓缓砸进河岸边的草丛里。

是明妍啊,蹲在这里做什么呢? 他问。

她轻轻地喊了声杨叔,说,我要过去那头。

先去船上等等哈。男人扬了扬手中的烟。

她踩上船的时候,心随着摆动的船体晃了晃,口袋里的东西好像要掉到河里去。她下意识地捂住口袋,又立马松开了手。

半圆形的乌褐色船篷挡住了她看河面的视线。篷顶一块暗黄色的陈旧明瓦阻隔了刺眼的日光，在船舱里洒下落日般的光晕。船的底板上，一块木板的边角悄悄翘起，她伸脚踩了踩，木板马上与周围其他木板融为一体。她拨开木板，从口袋里掏出纸片，用力压了压，使它占据的空间更小，然后塞在了木板之下，又用脚使劲踩了踩。

吃过饭没有？杨叔问。

吃过了，正准备去那头玩呢。明妍说。

录取结果出来没有？

没有呢，我好几个同学通知书早就拿到了，不知道我的为什么还没到。

可能你们学校比较晚，还得再等等，总能等到的，你成绩那么好。

她笑了笑，颇有点苦恼的样子。

父亲为了她填志愿的事情专门请了几天假，从沿海的城市回来。她的成绩一出来，父亲就拨通了她的电话问什么时候填志愿，声音只听出疲惫，听不出悲喜，大概是上了一天班的缘故。他说，这可是人生的大事，等我回来和你一起研究，你千万别自己瞎填。

父亲回来的时候背着一个双肩包，包里装着两套换洗的夏天衣服,一套是蓝色条纹的短袖衬衫,还有一套是黑色的棉质 T 恤。填写志愿的时候,穿蓝色条纹短袖衬衫的父亲站在她的身侧,严肃极了,一双白多黑少的眼睛里却写满喜悦。等她把志愿填完,父亲要走的时候,沿海突然刮起了台风,于是父亲在家多留了两天。

在那几天的时间里,杨叔划船载了父女两人好几次。过河时,明妍和父亲在船上几乎都是一言不发。于是杨叔也沉默着,双手紧握船桨,一下又一下,默默地把父女两人送到对岸。

到了河对岸,再走两公里其实就进了城。长潭村就坐落在城郊,两条河流的交汇之处。明妍听村里人说杨叔在长潭村的老渡口摆渡了将近三十年,很小的时候起,他就在父亲的渡船上穿来串去。偶尔,她看见杨叔的船漂在河面上,眼里就浮现出一些场景,比如杨叔的父亲摇着桨,在木桨拍打水面的声音中告诉杨叔,这条船等他长大以后,就是他的了。他握住桨,他父亲的大手盖上他的小手。木制的船桨也许并不刺手,反而因为手掌的长久摩擦,而拥有了一种温润的光滑感,像一块沉重古朴的玉,像一件了不得的传家宝,这让他在以后漫长的岁月里,只要一拿起这双桨,就有了一种神圣的使命感。

明妍第一次坐杨叔的船时，杨叔将船变成他手里一条得水的鱼。他载着明妍从这头到那头，速度很快，以至于她下船的时候有一瞬恍惚，怎么一下子就到河对岸来了？她的父亲也曾笑着说，杨世文你真不简单，比你父亲年轻时划船更快更有力。这些年里，明妍的父亲有时一年回来一次，有时两三年才会回来一次，每次回来，都是坐了杨世文的船到村里，然后走上几百米回到自家两层的自建房。

明妍下了船，甩掉了什么重担似的，脚步轻快起来。她望着街道上的车流，缓缓呼吸几次，然后消失在人来人往的街道上。

二

明妍的思绪回到坐上火车的前一刻，行李箱靠在她的右腿上，像是此刻她们紧紧相依。一股陌生的塑料味钻入她的鼻子，夹杂着铁道附近的机油味。列车从她眼前驶过，车轮吭哧吭哧地在庞大的车厢下喘息。车厢里载着许多陌生人，或坐或躺，蓝色的窗帘一节一节割开车内的景象。列车带来一阵风，然后停下来。她和许多人一起走进车厢。他们很快把行李放好，坐在各自的座位上。他们选择这趟车，大概是已经决定好了要去哪里。明妍想。

她也坐下来，却觉得这个座椅分外烫，怎么也坐不安稳。列车停靠的时间很短，于她而言却分外漫长。列车开走前的最后一分钟，她忽然起身拉着行李箱往外走。借过一下，借过一下。她拨开挡在自己前面的乘客，身影匆匆，在其他人奇怪的眼神中走下了列车。

列车向东开走了，一去不返。

她走了好久，从火车站一直走到了村里。夜幕时分，她坐上杨叔的渡船回家，手臂因为拖了很久的行李箱而酸疼不已。杨叔看着她，原本低沉的嗓音差点因为惊讶而破了音，你怎么在这里？！

她说，我不想去了。她的喉咙开始发紧，要开口说话，却在一瞬间，泪水把她的话淹了回去。在泪水中，她想起很多，天不亮就起床背书的困倦、夜晚迟迟不愿睡去的台灯以及父亲曾经的梦。

明妍的父亲曾经有一个金黄色的梦，只是想要实现这个梦就得越过河流，去往大海一样宽广的地方。为了这个梦，明妍的父亲拼拼凑凑拿出了三十万元，去了海边的繁华城市，然后在他最为壮志满怀的时候，跌碎在了金黄色的梦里。几十年的辛劳顷刻间像气球一样破了。明妍不知道父亲在外具体做什么,她在父亲给她描述的场景里晕头转向,一会儿是一家飘着红油的小吃店,一会儿是有踩着机器的女工的纺织厂。总而言之,明妍父亲的梦是破碎了,但也让他更加坚定了不让女儿也在自己金黄色梦里破碎的决心。

明妍第一次反抗是在拿到录取通知书之后。她拆开鲜红的包装信封,拿出那张薄薄的纸片,是父亲为她选择的医科大学,医学专业。极度的抗拒感涌上心头,她却不敢把那张纸片撕碎。它是那样轻,一颗糖不到的重量,可又是那样重,重到压得她喘不过气来。于是她走上长潭村的古渡口,把纸片折成方块,塞在了杨叔的船上。

她看见父亲冷冷的笑。不到两天工夫,父亲就已经知道了全部的事情。山水迢迢,在县城同学家躲了两天的她,哪里躲得开父亲的目光。视频电话的那一头,父亲泛着苍老的气息,橘黄的电灯把他照得没有一点血色,如一幅严重褪色的画。

要不是杨世文捡到,我还不知道你胆子这么大呢? 这么重要的东西说扔就扔,说藏就藏! 你有没有一点点,哪怕一点点,把你自己的前途放在心上? 你读这么多年书,不学医你想学什么? 做医生不好吗? 父亲的话一句句扎在她心里。

明妍一句话也说不出来,她只知道,自己不想,然而父亲却要求她捡起那张皱巴巴的通知书，连火车票都给她买好了。

她感到自己陷入了混乱之中，一种迷茫也随之而来。

明妍等到傍晚差不多过去时，走向了河边。杨叔的渡船一般从早晨七点开始等在河岸边，长潭村有些孩子在河对岸的学校上学，他一次次往返划动船桨，将孩子们一个个送到河对岸，等到傍晚放学的时候，他又开始往返于河道两端。那时他很匆忙，没工夫说上几句话。

夜色中，一只小船从远处悠悠荡来，前面是河水沉沉如墨，还有一个静静沉睡的小村，背后是斑斓的街市霓虹。小船上挂着一盏白色的电灯，照亮了前行的路。

小船在河上漂荡，好像漂去哪里都可以。明妍看见船上两个并肩而坐的身影。良久，小船临近岸边，她看见船上除了杨叔，还有一个从没见过的女人。女人穿着一条过膝的长裙，裙摆很宽大，她盘腿而坐，裙摆的一边压在了腿下，另一边盖住了杨叔的腿。明妍听见两人低声说话，内容听不很清楚，只听见一些模糊的字眼。

女人在说火车、大后天什么的。是大后天谁要坐火车走吗？

杨叔的嗓音夜色一样低沉，更是听不清楚，明妍却隐隐察觉到其中的失落。

芬嫂曾经和她说过杨叔。芬嫂说，杨世文啊，这个人精怪一样，明明没读过什么书，字也不认识几个，好多事却一料就料准了，不晓得是怎么个回事。以前村里有什么怪事，都找他，一找他怪事就消失了。据说在明妍小的时候，发烧几日都不见好，村里人都说明妍撞了邪，杨世文见了，只说让明妍的奶奶半夜在家门口大喊三声明妍的名字。明妍的奶奶照做，第二天明妍的烧果然就退了。

说话声停了，此时船也靠岸了，女人撩起裙摆下船，从明妍身边走过。女人身上淡淡的香味恍如夜间梦境一般让明妍晃神。

你怎么在这里？她听见杨叔惊讶的声音。

那天晚上，杨叔拿起了桨，他带着明妍在河里慢慢地划。杨叔指给她看，瞧，那片很亮的地方，是那边坡子镇上的街道，那边，那几座山那儿，再过去是老屋里。老屋里村你知道吧？以前姓肖那个小胖子跑我们村把你欺负哭了，记得不？他就是老屋里村的。

杨叔的手指指向一片亮堂的地方，常常一句话就结束了，那些黑漆漆的村庄，他却好像都住过似的，了解得不得了。他的回忆，大都是与这条河、这片土地有关的事情，一股脑向明妍倒来,似乎是想要一件件让她都记住。他说他的祖辈在水上运过煤,做过水上商贸运输,他的祖辈说只要长潭河里还有水,长潭村还有人,他们家就能永永远远地靠水谋生。

小时候,他只要拿起桨,船上的客人都夸奖他,无非懂事、有力气,是个小男子汉了。他也乐于听这些夸奖,成为一个摆渡人是他年少时唯一的梦想。年龄的增长使得杨世文渐渐明了父亲想把船桨递给他的心,那时他恍惚间明白,自己即将成为父亲,和父亲一样在风吹日晒中拥有黝黑的皮肤,在一条永远不会老去的河上发现自己新添的白发。可到底是这样的吗?年轻的杨世文一次次沉入不同的梦,每个梦中都是世界上的另一个他在路上踽踽独行。

船行水上,忽然见到五块紧挨在一起的大石头。大石头立在河中,杨叔控制好方向,绕开了。这是长潭河五子石,以前仙女夜晚偷偷来这里洗浴,拿着五颗石子玩着打子游戏,却被王母娘娘派了天兵天将来捉拿,慌乱之中,就把五颗石子丢到这里来了。他见明妍盯着瞧,笑着向她解释。

明妍似乎看到了这条河上曾经来来往往的人,有长袍马褂,各地口音,也有她熟悉的乡音。这些人影消失在她的眼前,她却感到一种不知从何而来的忧伤与安静。或许是即将来临的风暴,或许是为了一点点虚无缥缈,好像抓不住的东西。她看了眼静静躺在船上的行李箱。

三

父亲在知道明妍错过了去学校的火车之后,沉默了一下,然后对明妍的奶奶说,她一定是故意的。奶奶的语气软下来,说,孩子想学什么就让她学吧。父亲皱了皱眉说,你年纪大了,不清楚。这事你就不要管了。

明妍已经整整一天半没出现在饭桌前了。妹妹的小手使尽了力气也没能把她拖到饭桌前,于是妹妹抱着一只堆满饭菜的碗,走进明妍的房间,就把碗往明妍手里推。明妍铁了心不吃饭,手里也没用力,瓷碗瞬间就摔碎在了地上。妹妹哭了好久,从走出明妍房间开始,一直到哭着对奶奶说,姐姐不吃饭。妹妹哀求着爸爸、妈妈和奶奶让姐姐吃饭,哭得打起嗝来,整张脸都通红。

父亲在另一端生气,他的情绪顺着电话传过来,说,是她自己不肯吃!

奶奶拎着扫帚过来,也把明妍父亲的意思带过来:先去复读。但是他给了明妍一个新的选项。他说,不去学医也可以,以后去当老师吧。

在一个阴湿的雨天,明妍回到了原先读高中的学校。九月初略微带些凉意。再次坐在教室里的时候,周围好几张熟悉的面孔。他们惊讶地望着明妍,明妍低下头抓起黑色水笔在草稿本上画出一团黑线。她是分数超过一本线的学生,学校免掉了她复读这一年的学费,还额外给了五千块作为鼓励。白炽灯管悬挂在教室的上头,一根长长的白炽灯管照亮了几十个坐在灯下的学子。

长潭村的声音自明妍回来就没停过。明妍的落榜成了左邻右舍很长一段时间的谈资,他们一边惋惜成绩挺好的明妍怎么连大学都没有考上,一边盯紧了自家的孩子,生怕其功课落下。他们坐在村口的一棵老槐树底下,抽烟、打牌、侃大山,说着各家的家长里短。反应最大的是芬嫂家那口子,他清清嗓子,喉头滑动一下,嘴里说着明妍也大啦,可以说说媒了,女孩子读不读书不打紧,嫁个好人家才是最重要的。他又提起杨世文,要讲什么秘密似的,左右瞥了一瞥,才放心地说,哎呀,人啊,还是别太折腾了,折腾来折腾去,不也就这样吗。划船那个,跑外头好几年,就是不想做摆渡人,还不是灰溜溜回来划船了?

明妍和高中前三年一样寄宿在学校,一星期回一次家。

每天看书时，她总想起父亲的话。他用他过来人的经验给明妍编了一个网，这个网像是明妍的保护罩，也用细密的网眼紧紧套住她，却防不住她看到外面的世界，因而更加想要摆脱这张网。

明妍的父亲说，你好好学习，分数高了，还是去读医学专业。在言语上不反驳父亲已成为明妍的一种习惯。后来父亲打电话过来，她便一句话也不说，只是成绩比起以前下滑得很厉害。父亲愁得头发花白，他害怕女儿的又一次落榜。他不再执着，终于对明妍说，我不管你了，爱学什么学什么。

在周五的下午，她会坐上杨叔的船，自上次那个夜晚之后，她再也没有看见过曾经和杨叔并肩坐在船上的女人。念念叨叨的芬嫂在大槐树下把她打探到的所有情报给村里人讲了个遍，说什么那个女人来自别的城市，是度假的时候过来玩的，和杨叔有那么点意思。

倒是显得挺浪漫的，那个女人穿着红连衣裙走过来，那双鞋的跟可高啦。芬嫂那天正蹲在河边洗衣服，外来人几乎是一进村子她就察觉到了。不过那个女人，才过不久就走啦。芬嫂这么说。

明妍小的时候，在冬天里总是穿着一件红色的羽绒服。懵懂的眼睛像冬日里不会结冰的长潭河水一般流动着明明的光。船在行驶的时候无比贴近水面，于是她能聆听水的意志。父亲和杨叔的倒影在河面上，父亲的身影总是深沉地凝望着特定的方向，而杨叔经常能察觉到此岸草丛中跃过的野山鸡，那端山上新长的茶挂，然后指给她看。水波流动间，两道身影都模糊了，只有一抹红色在水面中亮着。

又是一个晴朗的天，明妍在家歇过一天半，吃过午饭要赶去学校上自习，中午就拎上要带去学校的东西到了渡口。她看见杨叔躺在船板上，双臂交叠垫在脑后，遥遥望着河的那一端。河的那一端是一大片干净的空地，上面杂草肆意生长而有了一种参差的美感。杨叔的目光不只停留在这里，他还望向更远的天空，好像在想着什么事情。

杨叔，明妍叫了他一声，说，我要过河。

杨叔笑着起身，连说了几声好。他麻利地解开缆绳，划动双桨。明妍坐在船上，渡船稳稳地在水面上行进着，凉风扑在她的脸上。

渡口很快就要没有啦。

明妍愣了一下。为什么？

那边要建一个污水处理厂，桥也要修起来啦。

她抬眼去望杨叔的表情，问，那杨叔你之后打算做什么呢？

没想好,不过总能吃上饭的,对吧?

她忙说,是,是,杨叔一身本事,到哪儿都可以找到事情做。

自那次起,很久之后明妍才坐上杨叔的船回家,因为距离高考的时间越来越近,时间越来越紧张,周末明妍大多都是留在学校里。

这年端午时父亲没有回来,他打来视频电话,跟家里桌子上的十几个菜相比,他桌上简单不少,两三个菜、两个粽子、一杯小酒。听说渡口不会再运作,桥和厂子都要修起来时,他的语气藏不住的高兴。以前确实不方便,现在交通好了,以后村子也能富裕一些了。

一年很快过去,意料之中,明妍这次的高考成绩比上次提高了不少,也许是她心中憋着一股劲,非要给父亲看看不可。在去年几度激烈的反抗之后,父亲从一开始强硬地想要让明妍学习他认为好的医学专业,到最后他只是嘟囔着,你不学这个,以后不好找工作,你自己看着办吧。

四

明妍走的那天是杨叔最后一次划船,明妍是唯一的客人。自渡口那片区域开始建起污水处理厂，渡船就基本上停了下来。大桥是先于污水处理厂修起来的，通车之后，长潭村的人骑着摩托车或者开着小汽车，从桥上一过，能比原来坐船快近半个小时。

杨叔说，上学那天我送你过河。

明妍说，好。她下次回来应该是半年之后了。火车往北开，需要三十六个小时，向南开，也是一样的，但不论朝哪个方向开，都有与大海融为一体的天空。

杨世文撑船时全身都在用力，他的手臂紧绷着，全身上下的兴奋劲像是他第一次握上父亲递给他的桨，后排的牙齿因为用力咬合带来酸意。随着船的靠岸，他整个人一下子松懈下来。轻轻地，他看向长潭河水，恍然间看到许多整整齐齐停靠在岸边的船只，像是此刻他的牙齿，带着酸意，但一会儿就会消失。

那年暑假，通知书不知不觉地出现在了明妍桌上，从远方回来的父亲在厨房里探头探脑。她偶然间会想起拒绝吃饭的时候。她躺在床上，床单上的绒毛像粘在了自己的肠胃上，莫名而来的躁意一下下扯着她的肚皮，她从未如此深切地感受着自己的身体，连同每一次吐出的呼吸。一只小兽蜷缩起来，温度团聚在一起，一点点把小小的天空托起来，如同一只升空的热气球。

　　在陌生的城市,明妍有时会很想坐船,坐那种小小的、划桨的乌篷船。她去江岸的码头,去海边能看到灯塔的地方吹风,也抓着船票坐上航船给游客排列好的座位。一次次她在浪潮中失去重心,可每当她看向水面,或深蓝,或草绿,跟长潭河水的颜色都是一个样,像是浪潮中也有长潭河水的一部分。她的心变得无比安宁。

最遥远的距离

太阳正是一天中最毒辣的时候，那股灼热感透过车窗直接打在姜岑的脸上，火辣辣的疼。窗帘坏了，偌大一块窗玻璃上，糊满了黄褐色污渍和凝结的灰尘。姜岑咕咚一口咽下去一块红姜，甜辣的滋味还留在舌尖，车窗外的景物已然随着长途大巴的移动切换了许多次。

她侧过头去看身旁奶奶的满头银丝，在阳光的照射下呈现出一种透明感，好似下一秒就要在火热的阳光下燃烧起来。什么时候才到呢？姜岑头昏脑涨，真想像小孩一样立马睡着，最好能一觉睡到目的地，但一阵一阵持续的热意却总是把她蒸醒。

售票员拿起话筒把车上睡着的人叫醒，说是下午太漫长了，让大家唱歌打发无聊的时光。姜岑走到司机的身旁，握住栏杆,站着的位置刚好能看见整个车厢。一车虔诚的信徒,正奔向自我的归宿。他们手中都转动着佛珠,去祈祷还愿,他们的肉体此刻正历经磨难。

一曲已过了无数座山。窗外的地势正慢慢变得缓和,零星几人睡眼蒙眬地鼓着掌,掌声很快随着他们的眼皮耷拉下去,逐渐消失。

姜岑回到座位上时,看见奶奶的脸正贴在车窗上,手臂处被唾液濡湿一片。奶奶鬓边的头发绕至脑后,曾经饱满的脸颊现在已成了一张贴在骨架上的皮。这个当年叱咤风云的人物,如今正坐在车上流着口水。她这么想着的时候,奶奶却忽然睡醒过来,混浊的双眼盯着姜岑的脸,嘴里喊着,馨啊,你妹妹回来没有?她今天放学,你得去接她啊,不然她可又走了。

奶奶,我们正在去学校的路上呢,还有一会儿就到了,今天我们一起去。

奶奶又问,你看见我的小手绢没有?我找了半天都没找到。

姜岑把手伸进奶奶碎花衣裳的口袋里,说,就在这儿呢。然后她掏出手绢给奶奶擦了擦嘴角。

望着窗外,姜岑喃喃自语,就要到了吗?她忍不住心里发紧,眼眶也霎时红了。

整个院子里的人都知道,姜馨是姜岑的姐姐了。今天姜岑家里摆了一桌精心做的饭菜,姜岑的三伯逢人就笑,道,我有一个大闺女了。于是道贺声不绝。

姜岑背着书包走进小巷,楼下的麦吉看见她,说,你怎么回得这么晚? 你姐姐她们早在家等你开饭了。这话说得姜岑一头雾水,她什么时候有个姐姐了? 她怀着疑问往里走。

是你?! 她看着坐在沙发上的姜馨一时惊得说不出话来。

今天早上她正吃着早餐高高兴兴去上学,刚要进校门,一只戴着红袖章的手拦在她面前,问,红领巾呢? 姜岑只好一手拿着包子,一手把书包放下来翻找。

忘带了。她讪讪地说,咱俩都是同校同学,你就通融通融吧。

对方沉默了一下,然后指了指校门旁说,外面有小卖部,你可以去买一条。

姜岑只得转身出去花一个钢镚买了一条新的红领巾。

这下可以了吧? 她问。

你早餐还没吃完,吃完再进去吧。对方又伸出手臂将她拦在外面。

她一口把包子咬掉半个，整个腮帮子鼓得像只松鼠。姜岑知道姜馨这个人，比她高两个年级，上周还作为优秀学生代表站在学校的国旗下对着全校学生讲话，一张漂亮的脸在同学们中引起了一阵骚动。只是此刻，她怎么看姜馨怎么不顺眼。

好容易进了校门，姜岑抓住书包就往教室冲去，但终究没比铃声快，只得被老师罚站，在教室外过了一节早读课。

你为什么会在这儿？姜岑站在家里的餐桌前，皱着眉头质问姜馨。

姜岑，这是姐姐，今后就和我们住在一起了。三伯母又道，馨馨，这是姜岑，你们之前在同一个学校，认识吗？

对于这个姐姐，姜岑一开始就不抱有期待。像她这样的调皮孩子，最受不得像姜馨这样做事一板一眼的人，这样的人永远是老师的宠儿，是别人家的孩子，是拿来教育她的模板。她一面讨厌姜馨，又一面羡慕姜馨，姜岑不难理解自己这样复杂的情绪。有时看到成绩榜单上张贴的照片，她会忍不住对班里同学说，你看，我姐又考了第一。由此换来同学羡慕又嫉妒的眼光。姜岑说，她当然是我姐了！是不是长得好看成绩又好？

但在家里时,她从不与姜馨好好说话,几乎都是极不耐烦的语气。姜岑的爸爸私下找了她好几回,劝她与姐姐好好相处。三伯已经失去了一个女儿,好不容易能再有一个。姜岑的爸爸每回都要说一大堆语重心长的话,总是把姜岑烦到狠狠地把自己关在房间里。

姜馨脾气好,不和姜岑置气,眉头只有在姜岑犯错时才会皱起来。

长途大巴到达服务站的时候已经是晚上了,大片大片的霓虹灯为这一片小小的区域更加添上了寂寥的色彩。今时的服务站已与过去大不相同。姜岑上一次和姜馨一起来时,也是这样一个夜晚,微冷,还有晚风吹过来。她俩把口袋都翻破了才找到三十块钱,买了茶叶蛋、香肠和一盒小西红柿。为数不多的西红柿里面居然还有好几个是坏了的。她们靠坐在一起抱怨,真倒霉啊!然后不约而同地哈哈大笑。

姜岑和姜馨的战斗持续到上初中的时候就结束了。说结束或许不太准确,两个人的性格天生不对路,但在三伯提出将姜馨送回她原本的家时,她俩默契地选择了休战。她们是如此一致地反抗大人,反抗他们轻而易举就能掌控她们的命运。

姜馨是被三伯领养回来的。那时,三伯正读三年级的亲生女儿姜欣被人贩子拐走。为了安抚悲痛欲绝的三伯,由奶奶做主,把跟姜欣同龄乃至连名字都同音的姜馨从一个农村的远房亲戚家领养了过来。谁都没有想到,六年过去了,当他们一大家子刚要把姜欣忘记时,她却忽然自己找回来了。

姜欣是在九岁的时候被人贩子拐走的,她被拐卖到南方的一座大城市,做了一名被幕后黑手操控的卖花女童。六年的卖花生涯,没人知道她是如何度过的,她自己也不愿意提起那段经历。但六年前,她是一个长得白白胖胖,说起话来轻声细语且爱笑的小女孩,如今她回来了,除了个子长高了一点,整个人变得黑黑瘦瘦,说话粗声大气的像个下岗的翻沙女工。

事实上,姜欣也的确算得上是下岗了。卖花女童的年龄一般在八九岁到十二三岁,年龄太小的不懂得如何卖花,年龄超过十二三岁的,难以卖出花。姜欣十五岁了,已经属于超龄工作,卖不出花,没有了收入。幕后黑手一算账,得了,再留下她要亏本了,于是当即将她赶了出来。

姜欣凭借着小时候的一点模糊记忆,沿着铁路走了一个多月才回到家。

丢失六年的亲生女儿回来了,六年中吃尽了苦头的姜欣,让三伯老泪纵横,父爱高涨。很快,冷静下来的三伯便感到了深深的后悔——后悔不该领养姜馨。自私自利的三伯此刻心里已经萌生了要把姜馨送回去的念头。即便三伯的不义之举最终在全家人的激烈反对之下没能得逞,但姜馨已经被一种自己也不知道的恐慌所笼罩,于是退养风波过后,姜馨与姜岑的关系前所未有地好了起来。

学校黑色的铁门外,每天姜馨都站在那儿等着姜岑。两个人在学校附近的小巷里找一个台阶,她们坐在那里写完家庭作业才会回去。台阶旁有一个小池子,里面是一个手动的抽水泵,绿色的漆皮脱落了一些。累了,她们就跑到池边玩起来。

她们之间的争吵几乎都是从姜岑开始的。姜馨时常忍不住要指出姜岑的错误,使得她恼起来,她的自尊使她低不了头,两人往往不欢而散。

姜岑最后悔的事情就是将自己的小秘密告诉了姜馨。她满心欢喜地告诉姜馨自己收到了喜欢的人的巧克力,并跟她一起分享,课间还带她偷偷去看那个男生。然后没过几天,姜岑就被老师叫到了办公室,在那里等候着她愤怒的父母。

嗯,一切都好。姜岑挽着奶奶的手,和父亲通着电话。应该明天就能到了。她向父亲许诺,明天一定替他看看北方不一样的风景。

他们都生长在烟雨缠绵的江南，连衣袖都带着细腻的哀伤。长途大巴一直向北走。一路走过伏身书案的高中三年，现在她终于要抵达姜馨曾在的城市了。不过还得等上几个月才能看到姜馨说的雪，她反复说服自己要耐下心来。她想象着姜馨穿着雪地靴在飘扬的雪花中欢呼雀跃的样子，在那时姜馨才能看起来像个孩子，而不是皱起眉头故作老成。

小脚的奶奶执意要走到路边坐下，姜岑只得顺她的意。老人满是皱纹的手热得像握了一个小太阳，衬得她浑身越发冰凉，仿佛她身处的是另一个世界。这时老人的双眸黑白分明，直直要看透这世界。她一颗颗转动着佛珠，一小串珠子在她手里转了一圈又一圈，嘴里哼着做早课时的音调，她朝着东方拜了一拜，然后弯下身子，把耳朵贴到地面。尘土从她鼻息间飘过，她双唇紧闭，脸颊抽动几下。

姜岑不知奶奶要做什么，只得看着，她看见奶奶的嘴唇轻启，忙凑过去听。

老人起身了，手渐渐凉下来，说，我年轻时，在战场上杀过好多人，我立了功，回了家。我只期望你们姐妹以后都能好好的。那时我也有一个姐妹，她已不在啦。

这话讲得没有一点逻辑，姜岑却一下子就听懂了。她没有提醒这个曾经扶她学步的老人这一趟是去北方替姜馨收拾遗物。她只说好，然后说，馨馨啊，正在北方等着我们。

作为对姜馨打小报告行为的报复，姜岑仔仔细细地想了好久，偷偷走进姜馨的房间拿走了一张满分的考卷，她看了看答题卡上压轴题的步骤，简洁而清晰，比老师教的方法还要好。似是觉得不满足，她又随手拿起桌上的胶水把自习题册相邻的几页黏了个牢。她一边念道，我不是坏孩子，我只是生气，然后一边把考卷撕碎。

到了晚上，姜馨一言不发地走进姜岑的房间里，脸色沉沉，连她的眉毛都充满跳动的怒火。她开始在姜岑的书桌上翻找，每一本书的每一页都不放过，后来什么也没找到，她甩上房门就走了。

在客厅看电视的三伯被陡然响起来的关门声吓了一跳，他看着姜馨一副气恼的样子，嘟囔着，这孩子，脾气真是越来越奇怪了。

饭桌上姜岑和姜馨忽然就不坐一起了。姜岑时常用余光看着姜馨，觉得她真是像个冰块一样，谁也不理。后来也忘了是谁先和好，姜馨又和姜岑一起上学、一起回家，直到姜馨先一步上了高中、大学。高三备考的时候，姜馨忽然坐了一天的高铁回来,送给姜岑一支笔,笔上面还写着"状元笔"几个字,然后告诉她静下心来,不要紧张。姜馨的老师见她来学校,忙把她叫去给学弟学妹讲讲考试经验。姜岑坐在台下,看着姜馨在台上作为优秀毕业生传授经验,感觉既亲切又骄傲。

天快亮的时候,人也渐渐多了。从服务区到高铁站,姜岑记得自己坐了很久的车,一路上眼皮在打架,可大脑实在清醒,暗自寂寞地运转。窗外各色衣服的人被甩在身后,这些不知身份、不知目的地的陌生人,都属于这座陌生的城市。姜岑离开那片绿水青山时那样匆忙,缺少心理预期让她感受到一种冲击。她站在街的这头,看街的那头,和奶奶并肩站在一起,等待破晓。

一点一点的光从远处射过来,初时总有一缕会刺向人的眼睛。清晨还是寒冷的,她不觉得冷,只觉得视野从未如此开阔。重山掩映之下的愁绪像针,每逢想起睡在隔壁房间的姜馨此刻已经永远回不来时,就刺痛她一下。现在所在的地方没有山,沿着向北的脚步,地势渐渐缓和下来,她的心情也是。

好长一段时间她都没有敢去长江以北的地方,尤其是姜馨曾经上过四年大学的那座城市。意外发生时，正是夏天，大学刚毕业准备回到南方的姜馨，独自徘徊在学校所在的城市，想要利用最后的时光，把这座生活了四年的城市牢牢记在心里。姜岑接收着姜馨发来的照片，美食、风景和一张张标志性建筑物下的笑脸，跟着一起想象姜馨所吃的东西、所在的地方，甚至傻傻跟着一起笑。突然有一天，联系就断了。她紧张地拨打姜馨的电话，始终无人接听。心中的不安在噩耗传来时应验，把她整个人钉在了原地。他们称赞姜馨是勇敢的少女，面对湍急的河水丝毫不畏惧，又说获救小孩的家长不知都在干些什么，小孩孤零零跑到河边去也没人管。

这座北方城市的每一个人、每一条街道都会让姜岑感到悲伤，恐惧与孤独就成了拦路虎。奶奶执着着如此单纯的愿望，她说，去找馨馨，去北方。年迈的奶奶，印象中像个老小孩一样的奶奶，展现了她非凡的勇气，她拽住姜岑的手，紧紧地，像是要抓住为数不多的珍宝。

天高云淡，姜岑抬头，手里捧着姜馨的遗物。几本书、几件衣物和几支口红，真是少得可怜。但此刻她的胸腔里跳动着两颗心脏，它们打架，它们争吵，它们哭，它们笑，它们把一切都发泄出来，最终静悄悄地拥抱在一起，永不分离。

花镜

一

她摸到女儿头上那个肿块的时候，只感觉自己的心头无比焦灼。

女儿指着自己的后脑勺说，妈妈，我这里痛，我这里痛。顺着女儿的手，她摸了一会儿才发现，确实有一小块肿起，圆圆的，大拇指指甲盖大小，缩在厚厚的头发后面。

她问，你这里怎么起了包？

女儿支支吾吾，说是不小心撞到了墙。

你怎么会撞到了墙，是不是有人推你了？她接着问。

女儿盯着银灰色的地板，说没有。

她们的谈话声落在塞满人的公交车上。垂下来的拉环吊起人们忙碌一天后下垂的精神。正处黄昏时刻,她从一大串结伴回家的孩子们中接到了女儿,女儿和其他孩子们告别,然后和她走向公交站台。

唐小菲!你实话告诉我,不然我只好给你们老师打电话问情况!

女儿一听要打电话给老师,有些害怕,只说确实有人推她了,问她是谁,却不肯说。

她隐忍着怒气拨通了小菲班主任的电话。班主任接得很快,背景音是学校闹哄哄的放学时刻。

我是唐小菲的妈妈,赵理勤。是这样,我家小菲头上长了个大包,说是同学把她推到墙上撞的。班主任很快反应过来,先是问明了唐小菲的情况,随后便说请赵理勤明天下午到学校一趟,把事情弄清楚。

第二天的下午,赵理勤跟随着班主任一同把女儿送到了教室里。眼见着有陌生的大人进到教室里来,他们都好奇地睁大眼睛,安安静静盯着她看。一个眉毛很粗,瘦瘦高高的男生坐在女儿的后排。赵理勤听女儿提起过,这是那个特别爱喝可乐的陈可乐同学。当然他的本名她是早就忘了。陈可乐,一个身高傲视群雄的女儿的同龄人。听女儿说,他是班上最调皮的学生。她巡视着女儿座位周围,还有两个女生、一个男生。女生看着都乖巧文静,唯独那个男生在座位上扭来扭去。他的体型略大,一个人占了几乎两个人的位置。

与女儿一般大的男生在赵理勤眼里是十分危险的动物。小菲说话的语气开始像大人的时候,她就为女儿日渐膨胀的胸部准备好内衣。内衣的前端有温柔的海绵托举,保护发育期敏感柔软的内心。那样,孩子们的话题就能离开别人的身体,在更有趣的事情上咧嘴露齿。除非小菲昨天穿的外衣太小太小,勾勒出青春的模样来了。昨天小菲穿的什么呢?似乎是一条束腰的连衣裙。

赵理勤脑中不由浮出一些可怕的构想。她像学校门口裁缝店里弹棉花的人,几乎无法开口说话,生怕一张嘴,棉花絮就飘飞进嘴里。

唐小菲坐回座位上准备上课。

上午班主任找了班上的几个同学单独谈话。

第一个男生,陈可乐,他走路脚尖先着地,一双黑红色的运动鞋摩擦地板,深灰色的水迹把办公室干净的地面染上一串脚印。班主任呵斥了他一句,干什么去了,成这个样子!陈可乐一下子笑了,乐呵呵地说了句,在学校后面荷花池里洗了个脚。他越过象牙色的栏杆,去捉了几只蝌蚪,在得知学校荷花池里只有癞蛤蟆之后立刻嫌弃地将手上的蝌蚪扔进了垃圾桶里。班主任问他关于唐小菲的事情，他显得非常不耐烦，说，我什么都不知道啊，和女生我有什么好说的。

第二个找的是坐在唐小菲左边的男生。男生的眼神有些躲闪，他不敢看班主任的眼睛，他两颊鼓鼓，眼下的肉被挤上来，遮住眼中的一点水光。班主任说唐小菲不知怎么撞到了头，现在整天头晕目眩，之前去医院里检查，医生说情况不太好。他被吓着了，一股脑把自己知道的信息全说了。他说之前有一个男生在课间怒气冲冲地跑到教室里来找过唐小菲。

好像叫杜峰。他说。

杜峰？杜峰和唐小菲，在学校从没见他们一起玩过啊。

他接过班主任的话，说，对，倒是付羽琴和杜峰玩得好，杜峰总是来找她。其他的，我也不清楚。

班主任把赵理勤请到办公室，说孩子们有些误会，两个比较调皮的男孩女孩把唐小菲当成了致使他们友谊破裂的凶手。情况就是这个样子。班主任说。赵理勤在听到那个男生掐住唐小菲的脖子，把她整个人按着贴在了教室后面黑板上的时候，只感觉自己也被一只手掐住了脖子。班主任联系了杜峰的家长，又请赵理勤下次一起过来。

　　赵理勤去买了药膏，回家后费了一些力气用棉签蘸上淡黄色的药膏给小菲抹上去，而小菲低着头摆弄自己的手指。浴室的墙上挂着一面半人高的镜子。小菲刚洗完澡，整个浴室热气腾腾，镜面也雾蒙蒙的。小菲伸出食指在镜面上画，先画的是英文字母，后来又画人。赵理勤看见她画了一个长长衣裙，头戴巨大草帽的女孩，女孩流着泪的面容被水雾打湿。冷空气从打开的浴室门大摇大摆晃进来。

　　赵理勤抬头，恍惚间水珠凝聚滚落下来，镜面花嗒嗒的，像是她以前住的黄泥砖砌成的屋前，雨水毫不留情砸在她的脸上。那天，她见到一个大约十几岁的女孩。女孩穿着宽大的衣服，褐色，陈旧，是男款，大约是家中哥哥不穿了的衣服。一个年纪更小的女孩手中拿着巨大的扫帚，那扫帚趁没人注意盖上女孩的脸庞。女孩也抢了一把扫帚，两人厮打起来。把你的烂扫帚放下来！女孩说。鲜血顺着女孩的额角滑下来，一道疤就在几十年前那个下着雨的下午留下了，弯弯曲曲地在女孩的额头上爬。那女孩转过头来，分明是赵理勤年轻时的模样。是谁先动手？赵理勤的母亲听了两人的证词，决定不管怎样这都是赵理勤的错，因为她是姐姐。

　　妈妈，我觉得我们浴室里需要一面更大的镜子。唐小菲对母亲说。浴室里原本的镜子只是一面约十二寸的梳妆镜，母女俩擦面霜的时候只能照出一个人的脸庞。赵理勤想了想，挑了一个下午的时间去家居城挑了一面很大的镜子，镜子的边缘呈波浪形，镜子后面的墙贴着淡绿色的装饰性砖块。镜子足够大，每次照镜子可以塞下她和小菲完完整整的两个肩膀。在镜子里，小菲有时踮起脚尖与她比身高，有时脸贴近镜子，观察自己脸上的斑点。

二

隐藏在沉默中的愤怒是由杜峰的父亲带来的。他傲慢地点起一支烟，两根手指不住地摩挲。你家姑娘见不得杜峰和别的姑娘玩吧？他笑起来，说，伤在哪里，要多少钱？开个单子给我们。杜峰缩着脖子站在父亲身后，嘴里嘟囔着，我也只是吓一吓她啊，根本没有怎么动手。

赵理勤的心情如同攒聚很久的云，积压在天际，阴沉沉的。四个人，四双眼睛，唐小菲憋红了脸，一种似怒似怨的神情挂在她的脸上。赵理勤从唐小菲的脸上读出一种"不是这样"的意味，可小菲始终沉默着，一句话也没有说，只红着脸掉着眼泪。从办公室里出来，唐小菲哭久了还有些打嗝，她发红的眼睛紧盯着身侧的赵理勤。

赵理勤显然感觉到了女儿的目光，背后被汗水濡湿了一块，风吹来，有些凉意。女儿是嫌弃母亲来到学校大张旗鼓的举动，还是为着今日没能出一口气？赵理勤明白像女儿这个年龄段的孩子，内心总会有一种为长相好的父母而感到骄傲的感觉。

你还有什么不满的吗？赵理勤问。害怕女儿的同学为自己额上那条疤感到惊讶，赵理勤来之前甚至精心打扮了一番，厚厚的粉底液一层一层铺上去，把疤痕遮得干干净净。这么热的天呀，她还请了半天假，就为着女儿的事情跑到学校里来。

若是换成唐小菲她外婆，也就是赵理勤的母亲，也许就会将事情敷衍过去了。老人不论是老了还是在年轻的时候，对任何人的委屈都是一以贯之置之不理的。她教会赵理勤的，只有作为一个母亲不应该做什么。唐小菲的外婆是一个粗枝大叶的人，唯一的热爱就是打麻将。没有多少钱的小文员一下了班就直奔麻将馆，一条、白板喊得比什么都利索。她的几个儿女在成长过程中显然缺乏关爱，她们为着双腿间流动的红色感到诧异，而没有及时买到的内衣总使得她们的胸前倍受男生们关注。唐小菲的外婆并不是一个可供模仿的对象。

赵理勤的情绪有些涨起来。她拉过唐小菲，两人在安静的走廊。她相信女儿的委屈，不相信他们口中说出来的是真正的唐小菲。她对上女儿发红的眼睛。

他掐我脖子了，这是真的。

嗯。

他们两个的事情我不知道。

你真的不知道吗？

小菲抽抽搭搭，很难和她讲话。赵理勤也看出来这不是让她讲事情的好时机。

离他们远一点。赵理勤说。此刻，赵理勤除了叫她离远一点，毫无办法。

三

母女俩的住处一直是杂乱无章的。生活里仅存不多的闲暇时光让她们的重心偏离了最基本的打扫工作，因而她们似乎难以拥有一种健康的快乐。摆在茶几上的花早在一年之前枯死，米白色的皮质沙发上堆着几件换下来的衣服，其中一件衣袖拖在了地上。电视柜的下方积了厚厚一层灰。

这与赵理勤少女时的生活环境完全不同——

衣服一件一件整整齐齐地叠在一起，按照衣服的面料与厚薄。小菲的外婆坐在床沿，手臂上还挂着一件灰色的秋衣。她已经在赵理勤的生命中消失了十几年，可她的一些言行始终留在赵理勤的脑海之中，历历在目。

赵理勤年轻的时候，舞厅还是很潮流的地方。男男女女顶着烫得卷卷的头发在灯光中旋转，他们的舞步笨拙却欢快，仿佛所有烦恼都在脚步的移动中消散了。喜欢她的男孩经常带她去舞厅，他们稚嫩的脸庞在成年男女人人精致的打扮里很突兀，直到后来被她母亲知道后，她很长一段时间都没有再去。

现在，她还是很喜欢跳舞。每周总有一天的晚上，她会穿过最热闹的街巷，爬上几层楼去舞蹈教室，跟着老师在巨大的镜子前扭动身体。节奏不对，她总是慢上几个节拍。她在舞蹈上的节奏感和她打理生活的能力一样需要提高，很多时候，她都是以一种非常迟钝的态度面对生活中的变化。

从小菲上六年级起，赵理勤才知道小菲经常自己偷偷尝眼泪的咸淡。这个有点懦弱的、内向的孩子总是为着一些常人不太注意的事情哭泣。小菲为着母亲有了新的感情，会不会忽视自己而哭，为着与同学的一点点小矛盾而哭，每次哭都是一个人躲在被子里静静地流眼泪。赵理勤发现女儿在哭,只是那天夜里偶然间摸到了她湿乎乎的枕头。那天她们站在人来人往的步行街中央,铁板烧、鸡蛋饼和各种人身上的气味交织在一起,一片混沌。唐小菲望着饰品店里,想要一个暗红色的蝴蝶结。

唐小菲说,很便宜的,给我买一个吧,她们都有。赵理勤看了看饰品店架子上摆放的蝴蝶结,硕大,如此醒目,似少年人的青春般绽开。她们都有,都戴在马尾辫子的上面。唐小菲说。太大了,不好看。赵理勤说,这个小一点的黑白格子的不错。唐小菲心里存了不高兴,说话也不好听,两人吵起来,蝴蝶结最终还是没有买。

第二天赵理勤去学校接小菲的时候,母女俩走在学校里,小菲老是斜了眼睛去瞟走在前面的一个女生系在后脑的蝴蝶结。蝴蝶结飘动的时候,女生纤细的身体也在晃动。女生察觉到来自背后的视线,转头来看小菲,一种淡淡的敌意暴露在她们对视间。

你们认识吗? 赵理勤问。

小菲说,认识,是我们班的付羽琴。

回家后,赵理勤又检查小菲头上的肿块。你的包怎么越长越大了? 赵理勤皱眉。小菲伸了手去摸,几天下来也不觉得痛,根本没有去注意,以为这个肿块早就消掉了。赵理勤用力挤了挤,问,不痛吗?小菲努力地感受了一下,摇头说,不痛。不然我给你用针戳了吧?听到这话,小菲滋溜一下出了浴室,她宁愿等上几天,等这个包在时间的流逝下自然消亡。

赵理勤把小菲叫过来涂药,忽然想起她们刚刚月考结束,便要了她们班的成绩单来看。赵理勤看排名的方式是从前往后,第一眼看见第一名的付羽琴,往后看了二十行才看到唐小菲的名字。

唐小菲也随她拿着发下来的成绩排名表一行一行往前数,数到自己名字前二十个的时候定住了目光,手指久久停留在"付羽琴"这个名字上。赵理勤刚想开口,唐小菲就一把扯过了成绩单,成绩单在母女俩的手上裂出很大的口子。

有些小孩子独有的微妙心思于赵理勤这辈人来说,理解上存在一定困难,就像她难以理解唐小菲为什么不愿意她再去学校。赵理勤在跟女儿同样的年岁时,她的母亲只会怒气冲冲地走进教室,嘴里喊着丢死人了,丢死人了,然后把一个耳光重重地甩在她的脸上,清脆的耳光声往往把整个班级扇得鸦雀无声。而她每次都会难堪得好半晌都抬不起头来,乌黑的发丝间露出她红得滴血的耳朵。

这件事是不是就这样算了呢？看着顺着女儿脸颊流下的泪水，赵理勤问自己。

按她的理解，女儿和她周围坐着的几个孩子是还不错的朋友，唐小菲生日那天他们都来到家中吃饭，她还亲手为他们切分了蛋糕。自从自己去过学校之后，她再也没有听说过女儿提起他们，好像他们从女儿的生活中彻底消失了一般。

四

班主任第三个找来谈话的是付羽琴。班主任对待这个漂亮乖巧、学习成绩又好的女孩总是格外有耐心，并且给予很高的信任。付羽琴戴着暗红色的大蝴蝶结，从正面看去，竟像一只蝴蝶展开翅膀在脑后飞舞。面对班主任的询问，付羽琴摇了摇头，表示不清楚情况。

你和杜峰好像玩得很好，你觉得杜峰是怎么样的人？

付羽琴笑了笑说，他人挺好的，对朋友也挺好的。

那你觉得他平常有哪里做得不好的地方吗？

最多算脾气比较直吧，可能有点冲动，他人真的挺好的。付羽琴咬着自己的下嘴唇。

付羽琴在唐小菲的目光下推开了教室的门。教室的门涂着蓝绿色的漆,沉重而老旧,吱呀一声之后阳光照进来。

唐一菲的班主任和杜峰的班主任坐在了一处。杜峰趿拉着一双红色的板鞋,厚实的帆布被赤裸的脚跟踩得皱巴巴的。杜峰的班主任专门从楼下的办公室过来,一双眼睛隐藏在银色细框的镜片后面,时而垂下眼眸遮挡眸中的情绪。

为什么专门跑到我班上找唐小菲?

因为她很讨厌啊,她喜欢骂人。

骂谁了? 骂什么了?

杜峰不说话,半晌才开口道,骂我了。

她骂你什么了?

总之,她就是骂我了。

那天下午杜峰也是这么说的。那天,他的父亲站在他的身前,指尖燃起一点小小的火星,烟雾往后飘,他吸了个正着,咳嗽几声。

他推了唐小菲,他还掐了唐小菲的脖子。

我没有,我只是吓唬她一下,她的头根本就没有……

可是所有人都看见了,你到唐小菲班上找她。

唐小菲的班主任、唐小菲的母亲、杜峰的班主任,他们不知不觉中站在杜峰的对面,站成了一排。他们之间隔开了一些距离，可杜峰觉得他们像是手拉着手紧紧贴在了一起。唐小菲在赵理勤的背后，努力地挺直了自己的背。她摸着自己头上的包，还残留着那天偶然磕上墙壁的，出人意料的痛意。

五

买钻戒，结婚，一切都按照程序来。像是追光还跟着她走，赵理勤暂时忘记暗处带给她的不愉快。有人喊她，声音如同远雷，在遥远的地平线上缓慢移动，她在这端回首驻足，声音缓缓传入她的耳朵。

那是唐小菲没有目睹过的场景，在唐小菲还只会跟在外婆的身后去厨房，去客厅，去房间，然后被外婆关在紧闭的房门之外的时候。唐小菲的外婆紧紧抓住她的手，一双眼始终压抑着差点要将她赶出几十里外的怒火。那时她想象着另一个女人在晨光微亮时忍受孕吐，然后为着自己的前任丈夫哭泣。小菲她外婆一边嘴里狠狠骂着，要不是抓着唐小菲的手，怕是手里提着棍子就要冲出家门。

这天赵理勤提早下了班，一个身形消瘦，穿着淡蓝色衬衫的男人走在她的身侧。公交车缓缓驶入站台，正正停在了车牌前。

一个背着红色双肩包的女生出了车门，赵理勤刚要去喊她，就见女生身后伸出一双手，猛然推了她一把，她一下子扑倒在柏油马路上。赵理勤惊叫着跑过去，唐小菲拍了拍手上的灰尘，已先一步站起来。赵理勤身侧的男人反身揪住正下车的凶手，竟然是杜峰。杜峰的眼中燃着一种报复的火焰，他原本肆意的笑容凝固在了脸上。

你干什么！你为什么推她？知不知道这有多危险！男人喊道。公交车与人行道之间还有一小段距离，这一小段距离有时会蹿出一两辆电动车或者自行车，飞速旋转的轮胎充满将人卷入的风险。杜峰甩了几下袖子，没有甩掉男人的手，又伸出手一下子拂开去，然后飞快地跑了。

赵理勤抓着唐小菲的手腕去看她的手掌，几道口子拉长了如同睁开的眼睛，细碎的石子与灰尘布满伤口周围。

上一次摔倒时，唐小菲才多大？那该是好多年前，体育课上跑步时她跌倒在塑胶跑道上。赵理勤连走泥泞的雨路都要牵着的女儿，偶然去郊外摘橘子都要担心隆起的石子让她的女儿摔跤，可现在，竟然被人当着她的面推倒在地上。

赵理勤的心痛得像是在扭曲。

男人道,赶紧去把伤口处理了。

她咬着牙说,好。

男人又问,这男孩哪里来的?

她说,他们同校的,我会找他班主任老师处理的。

她总是在迂回的街道里迷路,这些街道新修建,还未彻底展开,合该留下明显的印记来记住自己走过的道路,可她的女儿似乎也一头撞进迷宫般的街道里。

她想起上一次偶然看见杜峰与陈可乐对峙的画面,疑惑开始慢慢填满脑海。陈可乐揪着杜峰的衣领问,是不是你? 杜峰一字一顿道,怎么可能,我真的只是吓一吓她。

六

夜凉如水,寒意开始闯入,早秋要来了。

在难以入睡的夜晚,赵理勤看见街上的灯彻夜地亮着,光射入房间里,不断变换着形态,恍然间她不知是自己的梦还是现实。

她好像看见唐小菲和陈可乐躲开了化学课,并肩走在荷花池边上。唐小菲坐在凉亭里,而陈可乐翻越象牙色的栏杆,蹲在水中的阶梯上,拿着透明的矿泉水瓶在装蝌蚪。那时将近中午,太阳很毒辣,照在他们白蓝色的运动服上,蒸出一点汗渍。他们握住水瓶,黑褐色的蝌蚪正摆动着小尾巴。他们累了就头朝同一侧躺着,他们的嘴唇连接在一起。

场景开始慢慢变化。她看见陈可乐扑向杜峰,杜峰流着鼻血从地上爬起来,他刚刚还掐住唐小菲脖子的手现在正努力地擦着自己的鼻子。他们打架,唐小菲站在一旁手足无措,想要阻止他们两个。一只手,不知是陈可乐的还是杜峰的,误推之下唐小菲的头磕在了墙上。

早晨醒来时,赵理勤的手按上胀痛的太阳穴,把梦中的场景驱逐出去后,她决心今天去学校再把事情弄清楚。

她检查女儿头上的肿块与手上的伤口。缭乱、平庸又无可奈何的琐事像女儿头上的肿块一样堆积起来,越积越大。鲜红的药水把女儿的手掌涂得触目惊心,糊在上面似是伤口每一刻都是新鲜出炉。好在,伤口倒是慢慢结了痂的。

涂在头上的药膏没有起作用,她把女儿按在椅子上,手中拿起一根缝衣针,尖锐的针滑过头皮,猛地一戳,黄绿色的脓水从针眼里突地钻出来,并不是喷涌而出,只如同积聚了多年的岩浆,在阵痛之下,一团一团,慢慢落在周边的头皮上。那偶然尖锐的痛意,让唐小菲在往后的日子里都难以和它说上一句告别。

以后你要变得坚强一点。赵理勤喃喃道。

她看见镜中的唐小菲眼眶红了一瞬，了然那阵痛感早已随着针的离去而消失。她想起自己即将做母亲时，抚摸着肚皮发誓自己绝不成为像母亲那样的母亲。她看着浴室里的镜子，那里出现了一个闪闪发光的、幸福的少女，和一个在她身侧，在庸常里老去的、被风雨剥蚀过的妇人。

水墨年华

一

我在楼顶抽烟的时候,看到过很美的夕阳,那一刻的天空竟然是粉红色的,这一点打破我固有的认知——我一直以为黄昏落日是红与黄两种颜色的天下。可能这是我看过最美的一个夕阳,虽然我好好看夕阳的次数屈指可数,却固执地认为这是最美的,世间再无同一个落日照着我十六岁的第一天。

烟草燃烧着,一缕烟悠悠飘上去,到了半空散了。当那抹红色燃到一半的时候,天空变成了淡紫色,把站在这里的我迷得只剩躯壳,我的灵魂仿佛也融入了这片天空,成为淡紫色的一部分。

小马慌慌张张从两米外的楼道口冲进来，压抑着声音道，快把烟熄了！老班上来了！

我漫不经心看他一眼，用力吸了一口，喷出一个烟圈，然后把烟扔在地上踩灭，伸出手臂挥舞几下，把烟赶散。与此同时，一个锐利的眼神从前方射来，让我整个人都僵硬了一下。

烟头还在我左脚下。我得把它转移到看不见的地方。

这么想着，我向着面前表情严肃的中年男人笑了一下，若无其事地将脚底的烟头踩住慢慢向身后一个角落挪去。

看穿了我的小伎俩，他从口袋里掏出手机，说，一身的烟味，你是改不掉这臭毛病了？眼神里含着恨铁不成钢的意味，他看着我，问，你什么时候能懂事一点？

电话拨出去，和邬艺沟通了短短几句话之后，他叹了口气，对我说，你多为自己想想，你以后打算干什么呢？不念书了，不考大学了，早早就出去打工吗？

早些时候，作为班主任的他会把邬艺叫来学校，我数数，大概五次只有那么一次邬艺会来吧，来了也超不过十五分钟就会匆忙离去，然后我可以好好地度过一段时间，直到周末放学回家。晚上邬艺下班的时候，即便她再累也不会忘记某种固定仪式一样和我争吵或者干脆用冷战晾着我，直到我主动承认错误。

老班一直说，我是他见过非常聪明的学生之一，奈何心思从没放在学习上，太过淘气，不让家长省心，也不让他省心。其实很多时候我都觉得这只是他安慰我的话，我向来对自己的聪明程度有自知之明。虽然老班时常激励我，表达着对我的期望，同时也不忘时常恨铁不成钢似的敲打我，但又怕伤着我的自尊心，每次都不敢敲打得太过。这算不算是他独创的一种教育方式呢？我有时竟会无端地这样猜想。

他就专门掐准这个点来抓我是吧。我恨恨地说。小马耸耸肩也表示颇为无语。

老班打完电话后，让我自己离开宿舍楼去教室门口罚站。一个小时后我会去教室门口检查。老班说着，然后一步步倒退着回到楼梯口，转身顺着楼梯顾自下楼走了。于是十几分钟之后，我看夕阳的地点从宿舍楼顶转移到了教学楼的走廊。

今天是周末，按惯例，住校的学生可以在晚自习后回家，当然也可以选择不回家继续睡学生宿舍的。

现在离上晚自习还有些时候，教室里空空的，同学们约莫都去吃晚饭了。我在走廊上来回溜达了两趟，觉得有点饿了，于是下楼意欲去学校小卖部买点吃的，但不知怎的，晃着晃着竟走上了教学楼的楼顶。这里如之前的宿舍楼楼顶一样,除我之外再无他人,天空被楼顶的不锈钢围栏切割成一条一条的,慢慢变色。我静静看着,忽然有种飞出去的冲动。

林娜的身影出现在不锈钢围栏左数第三个格子里。她正挽着同桌的手亲亲热热地往厕所的方向走,她穿着校服,宽大的运动服显然有些不合身,深蓝色的校裤直直垂到了地上。我就这么盯着她看了一会儿,她似有所觉察地朝楼顶看来,像往常一样咧开嘴傻笑。

二

真正离开学校的时候已经很晚了,我先是在校门口的小店附近转悠,原本摆在附近的小吃摊都已经收摊回家了。遇上几个同样不回家在外面闲逛的同学, 我本来打算打个招呼就离开,芈思行喊我,一起玩两局?我想想晚上也没什么事,就一起去玩了几局《天外飞仙》。小人在屏幕里厮杀,武器碰撞声清脆。约莫快到邬艺下班的时间,我说,我要走了,然后起身离开。芈思行的脸在电脑屏幕前明明暗暗,他头也没抬地冲我挥挥手,继续投身在游戏里。

咣当。咣当。我抬脚踢开路边的又一个易拉罐，这已经是我一路过来踢的第四个了。再走几步，路灯下，出现一个巴掌大小的水坑，地面是黑乎乎的，水坑也是黑乎乎的，不知道深浅，也看不清水坑里究竟有什么。我最爱水花溅起的那一刻，于是不管不顾地使劲去踩，溅起的水花刹那间在空中绽放。白色的球鞋和牛仔裤的裤腿突兀地染上了一朵一朵不规则的黑花朵，我想起电视里播放的某个品牌洗洁精广告，说他们的产品是污渍的克星。邬艺不耐烦老是帮我洗这些，以前我总是为此挨骂。

　　前不久刚下过雨的缘故，到处都湿漉漉的，连空气里也是雨后的泥土味道。原本飘浮在空气中的灰尘被雨点打在地上，空中的脏落在了地上，从地的东边到了地的北边，借着一场雨完成了人生的旅行。我想着此类无聊的问题。

　　巷子里黑黝黝一片，唯有巷口亮着一盏昏黄的老路灯，它的生命似乎都要燃尽了，颤颤巍巍地只照了不足一张饭桌大小的地面，靠近灯泡的地方还有飞蛾在近旁飞舞，挡得光线亮一阵暗一阵斑斑驳驳的。肚子忽然叫起来，我才想起自己还没吃晚饭。前些年邬艺还没离婚，工作清闲，到点就回家，所以平时她也会做饭。哦，忘了说，邬艺是我妈妈的名字。她会做的菜不多，翻来覆去就是番茄炒蛋一类的简单家常菜。

抬头往上看，附近楼房的一户人家正围着餐桌在吃晚饭，客厅里的大屏幕电视声音开得很大，吵吵嚷嚷，播着土得掉渣的音乐。我哂笑一声，把目光放向逐渐黑下来的天空，努力寻找那些一颗一颗扭扭捏捏、躲躲闪闪钻出夜幕的星星。

前面那栋楼就是我家。我家那一户的灯果然还没亮起来，501 的灯亮着。昏黄的楼道灯随着我往上踏的步伐一盏一盏先后亮起来。我走过三楼，四楼，到了五楼的楼梯口。501 住的是林娜一家，听说她的父亲在做生意，这几年赚了些钱，她母亲在一所学校教书。他们不太赞同林娜和我玩在一起，原本林娜是大家眼中的乖乖女，近来她跟我和小马在一起的行动引起了她父母的警惕，经常告诫她，少和邬识这小子玩，当心他带坏你。

大概林娜还不到是非分明的年龄，观察一切不会透过偏见这一层玻璃，也或许因为对我自然而然的好感与喜爱，她并不完全遵从父母的话。起先她还与父母有过争执，但在她母亲气急败坏地说出邬艺就是个失败者这种话后，她也就很少在她父母面前提起我。而我在一旁默默听着她们的争吵，虽然不懂明确的含义，却把"失败者"这个词牢牢记在了心中。

我偶然会想起某个周日出去闲逛时路过的一家饰品店，店名叫"诗的小镇"。或许是名字中带了一个"诗"字的缘故，使得店内售卖的诸多工艺品也因此显得有了几分韵味，带着某种文艺的暧昧气息。我还记得饰品店临街的玻璃橱窗里，摆放着一条很好看的手链，搭配以绿色为主，形状像是蔓生的枝丫弯弯曲曲地绕着不存在的手腕环了一圈，做工很是精巧。我细细地看了一遍，又看了一遍，还是没能找到手链的扣在哪里。那次，林娜也和我在一起闲逛。当时，我想问林娜，这是不是一种没有根的植物，没有根的植物最终又会去向何方？话还没问出口，扭头却见林娜正盯着这条手链出神。

林娜看了好大一会儿还没看够的样子，大大的眼睛里写满了惊喜和惊艳，如月光浮动在波光粼粼的湖面上。她的神色专注而温柔，也不说话，可我能体会到她的渴望。我喊了她一声，她才回过神来，说，等我存够了钱，就买下来。

直到现在，我还是不太明白"失败者"是个什么概念。在这个世界上，关于世俗所界定的成功与失败我都不太明白。成人惯用的思维是以拥有金钱的多少来衡量一个人成功与否，然而我对金钱也没有多少概念，天生没有这种敏感性，少了根神经一般,花钱全凭一时喜好。只有在零花钱不够,买不了自己喜欢的东西时,我才会感到遗憾。"失败者"三个字是对每一个努力生活的人烙下的最恶毒的标签吗——无论男人还是女人?那么,它凭什么轻而易举地就可以否定掉一个人从出生开始所有的挣扎,好像所有人活着都只是为了能够实现所谓的"生命的价值"。

最让我头痛的,就是这些年逢年过节邬艺带我走亲戚的时候,那些或怜悯,或蕴含着莫名意味的眼神和话语,让我渐渐明白这个词在他人眼中的含义,更令我明白,在他们看来,我已然成为邬艺人生中"失败"的一部分。他们的看法转变得如此之快,随着邬艺一场婚姻的结束,从曾经被人艳羡的"成功"一下子就变成了所谓的"失败"。她的婚姻失败、教育失败,并且在未来我还会将她的"失败"延续下去。他们似乎已经由此看到了我未来的、既定的轨迹,我会在那个泥潭里或挣扎或麻木地度过浑浑噩噩的一生。

在 601 门前,我敏锐地发现猫眼里一片漆黑,邬艺果然还没有下班回来。

进门后,我走进厨房,冰箱只剩下几个鸡蛋和一个胡萝卜。我要提醒邬艺去市场买菜了。我将就着做了红椒炒蛋和水煮胡萝卜,不过我想等她回来的时候可能已经凉了。

三

圣诞节的晚上,林娜穿了一条白色的裙子,裙子上有飘动的丝带,显得有几分仙气。因着年纪不大,她的脸上尚存婴儿肥,使得脸颊看起来圆嘟嘟的。一条麻花辫斜斜地落在胸前,乌黑发亮,更衬得她肤色雪白。她没有背平日上学时的书包,而是挎着个卡其色的帆布包,和身上其他的搭配相宜,可以看出她显然是精心打扮了一番的。这和她平常疯丫头一样的形象不符。林娜身上的香味随着她的走近更加明显。

都准备好了,就等着你来呢。说完我从包里掏出一个大袋子,袋子很厚,里面装满了花花绿绿的糖果。我抓了一把放在事先准备好的小篮子里,篮子被装饰得很好看,边缘缀着细碎的蕾丝。

林娜用双手捧着篮子,问我和小马,你们不一起?

小马扑哧一声笑了,吊儿郎当地指了指我和他,两个同样全身都写满了"不安分""不听话"的坏孩子,说,就我俩这样?还是算了吧。你去,我俩在一旁看着,当你的护花使者。

林娜撇了撇嘴,提着篮子往前走。我和小马不远不近地跟在她身后。

我看到林娜面带微笑地喊着哥哥姐姐，嘴角尽量弯成甜甜的笑，仿佛看到了还穿着开裆裤时的小豆丁跟在我身后。她冲着情侣们笑，冲着散步的一家三口笑，问，要不要买糖果？那笑真可爱，她的麻花辫随着她的动作甩来甩去，每一根组成它的发丝都变得可爱了。

我们不远不近地跟着她，看着她走到小吃摊前面，走到电影院前面。她走在我们的前面，走在一阵风里。

她的笑容终于在反复的询问中逐渐变得疲惫，脸上开始浮现出机器人一般机械的僵硬感。我们赶忙把买好的奶茶递上去，喊着，快，顶梁柱，喝口奶茶解解渴。林娜吸了一大口，做出享受的样子，甚至有些忍不住地手舞足蹈起来，说，太好喝啦！这就是幸福的味道啊！

你也太浮夸了！

你才浮夸呢！林娜拿着奶茶有些不愿意放手。

姑奶奶，该干活啦，咱这糖果还没卖完呢！

别光我一个人卖啊！你们也帮忙。林娜说着，不容拒绝地把糖果给我和小马一人塞了一把。在卖糖果这件事情上，我和小马没有林娜的天赋，毕竟我们不会有她那样甜美的笑容和让人想要亲近的乖巧，但我和小马还是拿着糖果穿梭在人群里。

人潮渐渐散去，我们挑了个地方坐着。林娜把钞票数了数，又算了算扫付款码得的钱。

也就是说，除去成本，我们大概赚了一百八十块……这个数字带来了三张巨大的笑脸。

小马走后，我和林娜并肩走在回家的路上，一边走，一边扯淡。

他昨天找来了，说想带我一起走。我忽然插了一句在我们的对话中显得有些突兀的话。

林娜一点也不意外，她知道我和父亲之间有些矛盾，顷刻间明白了我的意思。她问，那你打算怎么办？

我想要对她说，我不想走，因为你，也因为小马，因为芈思行还有其他朋友，甚至因为老班我也不想走。但嘴唇动了动，我终究只在冬天的夜晚里哈出几口白气。

我们在街上慢慢地走着，夜已渐深，在外逗留的人们早已像鸟儿一般回巢，沉入温柔的梦乡。远近的路灯都亮起来了，一种恍然的感觉冲击着我的太阳穴，令它隐隐发胀。不知是谁先扯开了话题，我和林娜恢复了有一搭没一搭地聊着的状态，这段路程在时空中延伸向无尽的远方，在冬夜里冰封了我所有的感官，除却一颗仍在跳动的心脏。路过"诗的小镇"时，店已经关门了，里面漆黑一片，唯有橱窗里的东西借着路灯的光和淡淡的月光还能够看清。林娜下意识地转头往橱窗看去，那条手链不见了，取而代之的是一条项链。

上了楼，林娜敲了敲门，然后回头对我挥手说拜拜。门开了，露出林娜母亲严肃的脸，她的母亲手上端着茶杯，杯子里的茶显然是新泡的，茶香和热度撞在了一起。她的目光不断地在我和林娜身上逡巡。我叫了声阿姨，她淡淡地应了声，说早点回家吧，然后她和林娜都消失在了棕褐色的门后面，连带着身后客厅的灯光。

四

染上烟瘾是在父亲来找我之后。他即将和新婚妻子搬到另一座城市，想要带我一起走。我仿佛很冷静地说，让我想想。其实在他的话语落下后，我的脑子里面就一片空白，仅剩的一丝情绪却轰然炽热起来，顺着血液快速流向四肢，让我的四肢都颤动起来。我一时不察，桌上的奶茶倒了一片。我的身体反应速度令人难以置信的快，在奶茶涌向我的裤子之前，我早已跳开了一大步。

我看了看手表,对他说,午休时间快结束了,要上课了,我该回去了。

其实离下午上课的时间还有很久,但此时此刻我只想做个逃兵,逃离这种让人感到难堪的尴尬场面。

回去的时候路过操场一侧,芈思行笑嘻嘻递来一支烟。我没有拒绝,伸手接过来,借了个打火机点火。他也叼着支烟,一脚搭在栏杆下的一条横杆上,双手和着说话的节奏摆动着。他和旁边的人一起,在一片烟雾里笑得张扬,我于是随着他们也在烟雾里笑,好像因为他们快乐,我也必须快乐。我看着芈思行,他把周边一群人衬得全成了矮子,顶天立地像一根柱子,看起来无比坚定而顽强。在他人眼里,他从未露出不快。其实,只有我们几个经常玩在一起的同学才知道,他原本有一个令人羡慕的家庭,只是在他读小学五年级时,他原本在酒店当大堂经理的母亲跟着一个法国人跑到国外去了。为此,他和他父亲都曾消沉过一段时间,但他比他的父亲先走出来,他的笑容反而比以前更多,他的父亲却从此沉湎于酒精,不但抛弃了周边的一切,还把长相酷似母亲的芈思行当作了出气筒,常常一不顺心就对儿子拳打脚踢,并且从不打脸。我在这样一群人中间假装拥有快乐,似乎真的以为自己也是快乐的了。只是很多时候,当我和他们在一起玩的时候，眼前总是出现邬艺独自一人在厨房忙碌的身影，以及现在回家之后总是一片漆黑的客厅。

说不清是哪一年，总之是在一个激烈争吵的夜晚，父亲摔门而去，背影匆匆，像是在逃跑。他浑身都透出愤怒的火焰，脚步却显得比往常更加轻松。那天晚上，我躺在床上翻来覆去怎么也睡不着，只好透过狭小的窗户数星星，不过怎么也数不清楚，就像在这个世界上，我不明白的事情有很多很多，但我最不明白的是为什么他们要吵架，更不明白为什么父亲那么生气地走了。数到星星都看不见的时候，天色陡然就亮了，而我的一个念头也终于逐渐清晰起来：父亲不会再回来了。我在害怕与不安中裹紧了身上的被子，在天亮的时候居然沉沉地睡着了，连后来父亲回来收拾行李都不知道。

那天老班的电话有些效果——最起码邬艺提早了半个小时回来，她皱着眉头，坐在我的对面，对于冷掉的饭菜没有丝毫介意，大口大口地吃着。

她说，你们老师今天给我打电话了。

一股烦躁的情绪冒出来，我的话变得尖锐，那又怎么样？

那你说说,为什么抽烟?

世界上哪有那么多为什么,想抽就抽咯。我说道。觉得她应该早就习惯老师频繁的联络才对。

邬艺得到我这般油盐不进的回答,气得一下子站起来,背后着了火似的。她张口欲骂我,又深呼吸几口气把话咽下去了,端起吃了一半的饭走到厨房里倒了,然后开始刷碗,刷油烟机,甚至拿着刷子刷起了地板。刷子和地板摩擦,像是砂纸在磨木板的声音。我猜她有些被我气糊涂了。总之她没让自己闲下来。我没有办法,慢慢悠悠地回到房间里。我的书包里装着几本崭新的书,是我早晨胡乱塞进去的,我并不知道今天会有什么课程。以前我的成绩尚可,虽然算不上顶尖,但总归是在年级的中上部分,也算是挣不了面子却也不会丢人,现在的成绩却已令长辈羞于启齿了。

半夜我感到口渴,于是出来倒杯水。刚出房门就发现邬艺坐在沙发上,也不开灯,看到我出来,冷冷看我一眼又移开视线,接着静坐。

接下来就是长达三天的冷战。要说冷战,其实就是邬艺单方面不理睬我。她打定主意要我意识到自己的错误并且主动向她道歉,好几次我看她想要和我说话又忍住了。我有些赌气地想看看这场冷战究竟能够持续多久。

五

又是一天到来,在晨光中,我和小马揉了揉因盯了一夜电脑屏幕而酸痛的眼睛,这才从《天外飞仙》的画面中抽身。一夜未睡,我反而精神奕奕。走出网吧,外面晨风微凉,因为时间太早,街上人很少,只有买菜的老年人和晨练的人。早餐店已经开了门,热腾腾的蒸笼上空冒着大股大股乳白色的蒸汽,夹杂着面点的清甜气味和肉的香味。我和小马都买了几个包子,一手拿着包子,一手端着一杯豆浆边走边吃。暖暖的食物让胃里也跟着热乎起来。

小马这时终于有空看手机消息,这一看,他手一抖,包子差点掉下来,说,糟了!他把手机递过来让我看,我一瞅,一大堆未接来电,有老师的、家长的,后面还有几十条未读短信,所有的人都在问我们在哪里,要我们赶紧回宿舍或学校。我也看了看我的手机,和他的情况差不多。

大概是预估到了回学校之后的后果,我和小马对视一眼,都从彼此眼中看到了慌张。之前我们许多次在晚自习后翻越围墙出去到网吧上网,还有芈思行和另外几个同学也经常跟我们一样做这件事,但大家的行为一直都未曾被发现。

大清早，我和小马心急火燎地快步朝着学校赶，而在到达学校之前，我们不敢给任何人回信。

一路忐忑，等到了学校，老远就看到男生宿舍门口围着一大群焦急的学生和家长，还有校长和老班等一群老师，邬艺和小马的母亲也站在人群中。看到我俩出现，邬艺和小马的母亲满脸愤怒，疯了似的朝我俩冲来，就在我俩一头雾水之时，邬艺和小马的母亲一下子紧紧抱住了各自的儿子，并不顾形象地号啕大哭起来。终于，在同样一脸焦急与紧张的林娜口中，我们知道了事情的原委。原来，昨天夜里，护城河老城墙河段附近发生了一起溺水事件，一个穿着我们学校校服的男生在护城河里溺亡。而从昨天晚上到今天早上，全校男生一共只有我和小马、芈思行三人没被找到。现在，救援人员还在那一段河段中搜寻。

昨天晚上？三个男生？我的脑海中突然砰的一响，顿觉头昏脑涨，四肢僵硬，四周空间极度扭曲，像是一下子被吸入一个巨大的旋涡，旋涡里出现了芈思行的身影。昨天晚上，他不是说要回家拿一份学习资料，然后与我和小马一起在晚自习后翻围墙出去的吗？记得出去之后，我们三人还在街头打闹追逐了一番，然后才在一个路口分手的。分手时，芈思行笑得特别灿烂,还和我们相约过几天要一起去玩《天外飞仙》。泪眼模糊中,我看见芈思行那五大三粗的父亲像一堆沙子一样软倒在地上,然后被一群人手忙脚乱地抬上校车绝尘而去。

紧紧缠绕着我的旋涡像泡沫一样碎裂,让我无法辨认此时此刻是虚幻还是现实。昨晚分手时芈思行那灿烂的笑容再一次浮现在我眼前,我们都忽视了这个笑容的虚假和隐藏在背后的悲伤。我们在路口说了再见,却不知道这句"再见"竟是最后一次,如此艰难,并且从今以后我们再也不会再见。

人生无常。我反复想着这句话,走在路上的每一步都像踩在棉花上,脚底仿佛是一片虚空,脑子里乱成一片糨糊。生命如此脆弱。我翻看着手机里不多的照片,多是我们一起出去玩的照片。芈思行不太爱拍照,最多出现的是他的小半张脸,但每一张照片里他都在笑,一如既往地张扬。我以为他是世上最不知忧愁的人,是最坚强的、最令人钦佩的人。我第一次觉得原来好好地生活才是一切,我们所有的喜怒哀乐不过为了"生活"二字,不论以何种形式,总之也不过是生活。

我问小马,这是真的吗?

小马圆圆的脸颊没有血色，他也一脸恍惚地看着我，问，是真的吗？

日子依然在我们上学放学之中不紧不慢地流淌着。我们都不知道那一个晚上在芈思行身上发生了什么事情，我们能做到的，就是在教室里保留着他的课桌，依然是在教室最后靠门的那个位置。他还在的时候，下课时最爱趴在桌上睡觉，但人来人往，不断进出的同学总是让他课间睡得不好。也因为他坐在靠近后门的地方，老班时常在后门出没，悄悄观察同学们上下课时的状态，这让他平日里的言行也收敛了许多。我忆起他谈论起热爱事物时的表情，浑身暖阳一样柔和，万万想不到他最终竟会与鱼虾为伴，让冰冷的河水卸去了他全部的防御。

这座城市把他的年龄永远定格在了十六岁，与我此时一样的十六岁。

六

收拾收拾跟我走吧。父亲说。

我并不意外他出现在家里，出事那天，在还未确认出事的是谁之前，老班想尽办法联系了我们时常玩在一起的一圈人的家长。大概在我沉迷网络世界时,这些家长都焦急地赶往学校,毕竟每个人都害怕悲剧发生,更害怕悲剧发生在自己头上。

只是我没想到他会以这样的形式来,像是事发突然来不及准备就赶着过来了。起初他还让我考虑,给我选择,现在已经是半强迫的姿态了,而邬艺对此给予了默认的态度。

我抬头看了看挂在客厅墙上的钟,它仍旧笨重地走着,短短的时针慵懒地指向下午两点,随着分针不断地运作才终于不情不愿地挪动了一下——有点像是我和邬艺,我想。她只顾埋头辛勤工作,而我始终长在她的庇护下,她得了喘息的片刻便来催促我往前走。

拣些要紧的东西,其他的别带了。父亲穿着黑色的大衣站在房间门口说。他的脸色和大衣的颜色一样深沉,继续道,你又不是不会回你妈家住了。毕竟隔了些年岁,他和当初负气而走的时候不太一样,具体哪里不一样我说不上来,只是看上去沧桑了一些,显出疲态,但新的婚姻使他脸上的皱纹在他未察觉时带上了喜色。

邬艺并不在家,她和往常一样按部就班地做着她该做的事情,准时起床,准时上班,每日搭乘同一趟地铁。她知道我今天要走，也没什么特别的举动。但当我走进房间时，这个想法被我推翻了。

一个黑色的袋子老老实实靠在我的床头柜附近，想要尽量低调不那么引人注目，却又害怕没人能够发现它。想着她蹑手蹑脚进我房间，怕我发现的样子，我不禁笑起来。

你看，邬艺就是这样，固执、别扭，连句和好的话都说不出来。我本想着留封信给她，像是狗血电视剧里一样写点直白的、抒发自己感情的话，但坐了好几分钟，我一个字也写不出来，反而把自己弄得浑身鸡皮疙瘩。旁边父亲已经开始催我动作快些，他向来不是个有耐心的人。

我从衣柜里随手抽了几身衣服，也懒得叠了，随着邬艺包装好的黑色袋子一起，一股脑塞进箱子里。父亲说，这学期也快结束了，一切手续都在办了，离下学期还有一个寒假，你可以待一段时间再走。

七

最先忍不住的人是我。我在父亲家待了不过一天，就率先打破我和邬艺之间的冰，给邬艺打了电话，还特意挑在她下班的时间。我问她，你在哪里？到家了吗？她咳嗽两声说，快到了。听筒里传来她高跟鞋嗒嗒嗒的声音。我又问，你生病了？她低低地嗯了一声，带着浓重的鼻音。

不知怎的，我脑中忽然浮现出芈思行的样子，他的面容在一夜之间被河水轻易改变。一种即将失去的恐慌悬在半空，等待肆意将我吞没的时机。我想着邬艺一个人在家，便道，你在家里等等，我马上过来。她说，没事，吃点药就好了。我对她的拒绝置若罔闻，执意去照顾她。

父亲正半靠在沙发上玩手机，听到我说的话，抬头看我一眼，也没问是谁，只道，早点回来。

我蹲下穿鞋，说，今天在妈家住，明天回。然后我用小指勾起一串钥匙走了出去。

说来好笑，邬艺对别人总是照顾得无微不至，若是病了只需好好休息，其他一切无须操心，但她时常忽略自己，每每逞强说没事。我小时候以为她是超人，时常忘记明明她也是需要别人照顾的。

吃药后，困倦使她睁不开眼睛，在我们谈话的中途睡去。我去熬了些白粥，温在锅里，待她醒来吃。我跟她保证，以后绝不会再抽烟，一定会努力地戒了。她躺在床上，脸色苍白，额头冒着冷汗，微微点了点头。与以往刚强的她相比，现在的她是无助并且无力的，仿若无处歇脚的极乐鸟，一刻不停地在空中飞舞,已到了最疲惫的时候,自以为快乐能够永久持续,殊不知唱出的竟是哀歌。

我想起这几年家长会上老是空着的座位和回家时冰冷的黑暗,我曾经为此难过而逐渐变得叛逆。我从不否认我的脆弱,生活的巨变让我无所适从,即使老师再关爱、朋友再体贴照顾也无济于事。于是我千方百计地想让她注意到我,注意到在这场婚姻中,我是他们两人的无辜牺牲品,可怜地在父母感情的裂缝里乞求一点情感的补偿,稍有不慎就会摔落悬崖,然后被迫用一生的时间独自慢慢地爬上来。

但看着她的脸庞,我忽然明白过来,她也是无辜的,父亲也是无辜的,他们只是各自追逐更好的人生,没有人愿意有这样的结果,可是我仍旧希望他们能够好好地安置我,像是小心翼翼对待珍宝一样,而不是像可随手扔掉的垃圾。我终于能够理解她,心中的怨怼聚在邬艺皱起的眉间,随着她滑落的汗水烟消云散。

第二天,邬艺显然精神很多,说话不再是哑着嗓子病恹恹的样子。她说她有东西给我,放在我房间,问我发现没有,说因为之前在冷战,她悄悄放在我房间的一个角落,没有告诉我。我有些得意地笑了,说,我早就知道了。

她小声地说,宝贝,生日快乐,虽然有点迟了。

作为和她共同生活的另一个人，几乎是她生活中除却同事以外见面最频繁的人，我应该对她最为了解。我知道她是一个仪式感很强的人，受她的影响，我总是把生日看得很重要，把它视为我成长的一个关键标志，在我浑浑噩噩的成长过程中，它提醒着我年岁的增长，并且告诉我，我已经长大，有些事情不能和小孩子一样任性。

她温柔地看着我，她好久都没有这样看过我了。我说，你别这样看着我，我会感觉不自在的。她忽然浑身都颤抖起来，眼泪赛跑似的一滴滴往下掉。此刻，她的双眼通红，两颊僵硬，想努力地挤出一个笑脸。她猛地一把将我搂在怀里，柔软的棉质布料压在我的脸颊上。她喃喃地说，对不起，对不起。我也不知道她在对不起什么，她其实一直都做得很好，是我太不懂事，我不应该这么小气，该说对不起的人是我才对。我张开双臂抱住了她。此刻我才发现，从前只能仰头看她的我，已经可以平视她温和而又包容的双眼了。

礼物很简单，是个布娃娃，现在它乖乖地躺在我的行李箱里，等待我带着它一起去往更大的世界。拆开礼物的时候我并没有失望的感觉，反而觉得有些哭笑不得。事实上我不太在乎这个，只要她记得就好。那个布娃娃穿着粉红的衣裳瞪着大眼睛，眉目间全是娇憨的笑意，像是一个缩小版的邬艺。男人的生日礼物是布娃娃，这说起来好像一点都不酷。

但是，真好，十六岁生日快乐。

八

林娜说，出来见一面吧，在你走之前。

我大概是渴望见到她的。我们之间即将隔着三个以上的省份。曾经有个脑筋急转弯，问一只蚂蚁要去一个遥远的地方需要多久，如果在地图上爬，那至多不过是几分钟的事情。我和林娜之间不仅隔着物理上的距离，忙碌的学业也会冲散我们相聚的时间。

我先到了。她小鹿似的几乎是一路奔跑着来到我们约好的地点，气喘吁吁地笑着问我是不是等很久了。

我说，这是给你的临别礼物。说着我把手中包装精美的礼品袋递给她。

她眯成月牙的眼睛显示着她的喜悦，问，那我可以现在拆吗？

我点了点头。天边的太阳升起来，今天的云很少，太阳的光显得越发灼眼，我看向嫩绿的枝头，这么多人一起经历过的、寒冷的冬夜已经过去。在那个冬夜里，我本会躲在某个角落,靠着自己的体温取暖,却被春日着急发来的信号催促着离开,在十六岁的那一天获得新生。一种莫名的情绪不知从何而来,让我双眸微湿。

我说,我为你戴上这条手链吧。她说好。

绿色手链上蔓生的枝丫缓缓缠绕住她的手腕,曾经我想问这是不是没有根的植物,爬山虎是不是一样也没有根,不过现在我已知晓答案,无论贫瘠还是肥沃的土壤,爬山虎总是坚定着向有阳光的方向生长。

离别的那一刻,我想深深地亲吻她。我知道这是我神秘且柔软的梦魇,人体皮肤的温度触手可及。看着她清澈的双眼,忽地退却的念头上来了,只在她的额头落下很轻的吻。

我说,回去吧,去找你爸妈,他们在家里等着你。

我想起那家店的名字,"诗的小镇",文艺又清新,在店家幻想的情景里,可能住着一个怡然自得的妙人,栖居在诗的世界里。她急于寻找一个承诺,说,我喜欢 A 市,那里有一所好大学,我们以后一起,好不好?

我说,好,一起加油,未来见。心里却明白于现在的我而言,这是一个遥不可及的梦。

但是,真好,我的十六岁。

亲爱的张先生

一

亲爱的张先生：

　　人的记忆对于某些事情来说十分长久，甚至不可磨灭。相信数日前的事情您也无法忘怀。说实在的，我也不想对您的生活妄加干涉，可近来掌控您的行动十分必要。祝您好运。

×××

20××年 11 月 9 日

　　他刚打开电脑，收到的邮件就让他握住鼠标的手止不住地颤抖。书桌上的插座凸起的红色按钮仿佛是逃往安宁的通道，他几乎是不假思索地按下。

电脑屏幕一闪,然后所有的光都熄灭了。

不存在什么邮件的。他的目光从黑色的屏幕上游移到粉刷着暖黄色乳胶漆的墙壁上，他还在这个温暖的家里呢。

张,过来吃饭吧。妻摘下手上的橡胶手套,将灶台旁的汤端在餐厅的小桌子上。一碗清汤静静地躺在桌面上,像一块静立着的温和的岫玉,上面镶嵌着星星点点嫩绿的葱花。

他坐下,从汤里舀出沉淀在底部的肉片,用筷子轻轻一撩,轻而易举地入了口。咸淡适宜,口感恰好,微烫,香味萦绕在他鼻端。

他向来是不吝啬自己的夸奖的。今天的汤很好。说完他含笑看妻,起身为她拉开椅子,半强制地按住妻的肩膀,让她坐下。

别忙了,坐下来吃吧。

淼淼,洗洗手过来吃饭了! 妻喊道。

忽地一抹雪白跃上了餐桌,一双漆黑大眼,几根长长胡须,喵喵喵,迫不及待地叫起来。小女儿赶忙跑了过来,双手一搂,把白猫抱在了怀里,对着张露出乖巧的笑,然后又伸出手轻拍那只猫的头说苗苗,真不乖。

乌龟般缩在壳里只是蒙住了自己的眼睛。无论如何,这封邮件都构成了对他平静生活的威胁,但他却无能为力,为表明自己的态度,饭后回到书房,他还是敲出几个字来回复对方。

我不知道你是谁。但如你所说,请随意。我并不认为这有任何价值。

他的额角冒出晶莹的汗珠,濡湿了鬓角。

手指贴在妻端来的热牛奶杯上,他点燃了一支烟。

二

防透视的玻璃折射着阳光,闪闪发亮,如盔甲一般贴在高楼上。高耸的楼像一把利剑直插云霄,轻飘飘的云似乎被它一剑捅散,不死心地彷徨在剑的周围。路两旁的花坛修剪得极为整齐,到了初冬的时候,行道树都红了叶子,但红叶间还掺杂着些许的黄叶和绿叶,一棵棵树色彩斑斓,像极了一幅幅立体的油画。

他将车在停车场停好,下车,进楼。电梯门刚打开,他迈步进去,几乎一瞬间就瘫痪一般软在了墙上。眼睛,是的,一双黏在背上的眼睛。现在,在电梯这个狭小的空间里,封闭的电梯门终于把那双眼睛隔绝开来了,那种浑身不自在的感觉逐渐消散了。

电梯在张办公的楼层停下，他理好自己发皱的衣角。门一开，那个自信的他又回来了。

女人踩着一双黑色的高跟鞋一扭一扭地走过来，黑色的带子缠绕在脚背上，衬出极好看的洁白的脚踝。她端着一杯咖啡，敲了敲张的门，然后轻轻放在张的桌子上，与他交换了一个眼神。

临近饭点，张才从工作中抬头，张开臂膀驱散一个上午的疲惫。西服外套随意地搭在了肩上，他拿起车钥匙。

8760。

手机短信里未备注的号码对他来说相当熟悉。这个尾号数字更是完全刻在了他的脑海里。他忽然兴奋起来，仿佛看到女人妖娆美丽地绽放着。

到了下午上班的时间，张和女人先后走过坐在外间办公区的茜尔身边，相隔大约五分钟。于是茜尔再次在他们身上闻到了相同的沐浴露的香味。她对香味向来敏感。

特殊的暧昧气息流动在这对有意无意错开时间来到公司的男女身上，即便是最平常的目光相触，刻意的躲闪也让女人灵动的眼眸变得飘忽不定，女人脸部弧度优美的线条在茜尔眼中仿佛成了凝固的雕像。

三

茜尔拿出手机,习惯性地搜索近日将会举办的音乐会,直到看到账户中所剩不多的金额才猛然清醒过来。但是她依然执着地查看完所有音乐会的节目单,然后逐一把那些即将在音乐大厅里演示的乐曲转移到自己的手机里。她戴上耳机,低头整理桌上的资料。以往,头顶柔和的灯光和耳边跃动的音符,总是让她沉醉。

可是,今夜却与往常不一样。她没有办法再蜷缩进自己的世界,享受安宁,哪怕是一粒尘埃那么大。她的血液里好像忽然间生长出千万只跳蚤,它们横冲直撞,要蹿出覆盖在她细细血管上面的细嫩皮肤,她的心脏,似乎已被冲撞出数不清的小孔。

月光打在病房的窗帘上,也落在静静地躺在病床上的人脸上,一日日地见证着这个人的消瘦。原本微胖的脸颊只剩下了一层皮,裹在她凸起的颧骨上。茜尔分不清他的表情,是冷漠,是麻木,还是看透一切的淡然。这张永远固定在一张面具上的脸,在茜尔愤怒时只会加剧她的愤怒,让内心跳动的火焰燃烧得更旺,尤其是在某些特定的时刻,她总会有一种狠狠抓住他的身体，拼尽全身力气去摇晃，甚至不顾一切去破坏的冲动。她要质问，她要谴责，似乎只有这样疯狂地传达自己内心的情绪，这个人就会醒过来，再次对她微笑。于是，她的生活就可以重新回到正常的轨道，不再日夜担忧、煎熬。

醒醒吧，茜尔。她对自己说。可是困意席卷而来，甚至超过了她内心复杂的情感。

夜更深的时候，茜尔躲进了自己的睡梦中。

四

这本该是个有着像新鲜杙果粒一样甜美的早晨，当淼淼从睡梦中醒来，或许会在小床旁边的小窝里看见苗苗——那只昵称和她的名字读音相近的小猫。

它的名字本该叫白雪，它浑身洁白，总是令妻想起"白雪纷纷何所似？"这句蕴含着诗意和一个问号的话。但淼淼不喜欢。她虽然总是热爱着那本插图童话书里的故事，脑中浮现着下雪的冬夜和映在餐桌上昏黄温暖的灯光，但淼淼觉得，这只可爱的小猫带给她的感觉不该是一个紧贴着玻璃窗，衣衫单薄，渴望着一只火鸡的小女孩。她们是彼此的蜡烛,在狭小的空间里照亮彼此。

怎么没有看见苗苗?淼淼慌乱地掀开被子,赤着脚在房间里四处寻找。这个房间里还存留着苗苗的气味。

淼淼努力地回想着昨天夜晚。

她的睡姿一向不太好,睡觉时总是不自觉地把被子踢到地上,昨天晚上也是一样,她的双脚没有了被子的遮盖,裸露在空气里,在这样的季节,即便门窗紧闭也会感觉到有丝丝凉风吹拂。她下意识地伸脚,要把掉落在床下的被子勾上来。但在这个动作进行之前,她忽然心头一凛,睁开了双眼。

睡意蒙眬中,淼淼分辨不清是现实还是梦境。她仿佛看见有一层薄薄的烟雾笼罩在苗苗的小窝上,烟雾中还有人影晃动,微弱的光线里,似乎有一双眼睛正在死死地盯着她……早晨醒来,苗苗不见了。

她噔噔噔从木制楼梯下去。张正端坐在电脑前,脸色凝重,看着股票市场上下波动的线条。

爸爸,你见着苗苗了吗?

苗苗?它不是在你房间里吗?

她慌乱地跑到客厅,跑到厨房,跑到家里每一个角落,但是没有发现任何踪迹,苗苗就像凭空消失了一样。

摆在桌上的早餐散发出浓郁的香味，渐渐填充了腹中的饥饿，淼淼却觉得她的心很饿，内里空落落的。

淼淼，你家苗苗呢？最近怎么样？有没有变胖啊？我可以去看看她吗？下课铃声响起，一个小女孩立马凑到了她的桌前，睁着大大的眼睛，热切地看着她问。

淼淼的内心住着一个小人，这个小人可以用自己的动作表达她所有的情绪，而此刻，这个小人高兴得几乎要跳起来。她昂起头，忍不住笑起来，说，当然可以。

因为那只猫属于她，并且，她是它的全世界。

而今天，当小女孩再次将下巴放在淼淼的桌上时，看着她，淼淼却什么都不想说。她不想看到小女孩失望难过的样子。

五

冬天来了。你还是老样子。妻刚醒，手机原本黑着的屏幕一下子亮起来，一条未读消息占据了屏幕正中间。

今天该是什么日子了？她点开日历，哦，这是立冬的前一天。

她同以往一样，极早地起床，做好早餐后，又钻进被窝睡了个回笼觉。

今晚的同学聚会,你会来吧? 新一条消息叠在了旧的那条上面。

想了想,她还是走进储物间,拿出了一个箱子,拍开箱盖上的灰尘,取出一条手链。

很细碎的、很精致的银色花朵,细小的枝丫指向天花板,于是花朵就一点点沿着枝丫往上爬,像拖着一条长长的尾巴似的,还不时在途中留下一部分,是和青春一样清新的样子!

她的记忆被带回到还在上学的时候,图书馆是她那时最喜欢的地方。

图书馆阅览室里的椅子是漆着深褐色油漆的,做成明代圈椅的样式,是很古典的漂亮。她常常在那一坐就是大半天。

那天听说近日会有某知名画家在当地开画展,她把书放回书架上,很早就离开了图书馆。

在去的路上,她无法抑制自己内心的激动,反复确认着时间,3 月 16 日。

六

茜尔忽然疯了一样浑身剧烈抖动起来,她的面部表情被过分上扬的嘴角和紧皱的双眉拉扯得十分扭曲。她的眼睛像往常一样锐利,内里却又空空如也,两只黑色的眼珠紧紧地盯住前方。

前方什么都没有。

她忽然想起来小时候在电视上看到的片段。身穿淡绿色衣裙的女孩坐在一架巨大的乐器前，那时她还不知道这是双排键。那女孩弹奏着,乐曲平缓时伏下去像是在倾听琴声,再到激昂处整个人都惊乍起来,像是一只急剧抖落身上水珠的小狗,然后结束,获得满堂的掌声。

而现在,窗外阴云密布,一种无形的压力顿时让茜尔感觉喘不过气来。

她好想蜷缩在这个小出租屋的某个阴暗角落，在不被人们目光所注意的地方，或许一生就能这样在不知不觉中度过,但被子里残留的一点暖意,滞留住了她的双足。

一室混乱,正如她这糟糕的人生。

她知道自己一直真实地存在着。但现在,她宁愿自己就是一缕青烟,漫无目的地,就这样随着南来北往的风飘飘走走。

．．．．．．．．．．．

医院那张单子上的数字是她无法承担的。那个躺在病床上的人也是她不能失去的。这种激烈的矛盾如正负电荷相撞，刹那间爆发出巨大的能量，把她整个人都震蒙了。该怎么办呢？该怎么办呢……

危险的念头闪电一般一晃而至。所有的一切，在金钱的面前都已不值一提。

七

张小时候的愿望是当一个画家。刚学绘画不久，他就展现出了在色彩与线条方面的惊人天赋。有很多年，他都一直坚持着走在这条路上。

年少时，张心里总是有很多奇怪的想法。他喜欢用自己的方式把它们表达出来。

后来，他也算小有成就。

再后来，3月16日，他受邀去了画展。

再后来，一张一张，连续很多张画作都被他自己轻易地毁去。

会停在他肩膀上的小黄鸟，扑棱着翅膀钻进窝里蜷缩着；执着盛放在他最爱季节的花朵失去了水分，枯死在杂草丛中……

轮回之门关闭了。新的,有生命的物体,无法进入他的脑海;旧有的,则在时间的消磨里变老,走向衰亡。

仿佛是一场梦。醒来,曲终人散,画纸洒落一地。他用力地踩在上面,尽情发泄内心的不舍以及悲凉。

轻轻的敲门声响起。他的缪斯,那时还不是他的妻,缓缓走过来,洁白的裙裾轻微地摆动着,带着风。张紧紧地抱住她,如同抱住生命中最后的依靠。

他已经很久没有画画了。灵感如风,很久都没有眷顾他了。

最终,他成了家,放下画笔,开了公司。

八

亲爱的张先生:

为何不选择最简单直接的方式来解决问题呢?

×××

20××年12月9日

那天接到邮件后,署名"×××"的人陆陆续续发邮件过来,要求他支付巨大的金额,否则就把他的事情公之于众。

他不能停止对于"×××"的身份的猜测,耳边无止休地萦绕着恶语,这些零碎而可恶的话变成实体,敲打着他脆弱的神经。

他再一次翻看起海洋的图片:白云整朵地飘浮在蔚蓝色海洋的头顶,被绿色植物覆盖住的小岛仿佛与世隔绝般独立在海中,还有穿越遥远时空投射到细碎沙滩上的金色阳光。

张偏爱大海,没由来的,感觉大海命中注定的恋人一般亲切。

那片神秘却又宽广的,有着无尽胸怀的大海。鱼类在它的怀抱里吞吐着一生的希望、珊瑚恣肆生长枝枝蔓蔓的任性、海草无拘无束随波逐流的潇洒,都让他觉得感动,并且渴望。

然而,在陆地上,准确地说,是在他赖以生存的这座城市里,他的一切竟然都有人在窥视着,这无法不让他整个人置身于巨大的恐慌之中。他所有的一切,阳光的,阴暗的,那个所谓的"×××"全部都一清二楚。

原本属于他的,那片蔚蓝的海洋,不知何时变成了一幅泼墨画,单调的黑白色。

邮箱又在提示:

亲爱的张先生：

最后的期限快要到了。

×××

20××年1月5日

九

冬季，梅花占据了整个后院的焦点，在其他花草萎靡时，开得格外美丽。

在"×××"的邮件限定最后期限到来前的一段时间，张的生活很平静，表面上看似乎并没有什么异常发生。就算是今天淼淼的猫不见了，他也只当猫是贪玩跑出去了。

然而，梅花树下那一抹白让他瞬间僵住。他走上前，猫的身体早已变得同这个冬天一样冰冷。

在埋葬好猫后，他转身回到房间。身体隐在黑暗里，电脑屏幕发出的蓝光在他脸上投射出诡异的气息，他的手指敲击着键盘。

然后一阵黑暗开始吞噬他，从脚开始，到腿，到略有些发福的肚子，再到头。最终，他消失在了整个黑暗里。

今天是个晴天。去户外运动的他脚步轻盈,足下生风。

手机忽然响起来,新的消息到了,尾号是 8760。他没有立即点开来看。

站立在悬崖边,他做好了再次蹦极的准备。

跳下去,很快就能回来。当然,也许永远回不来。

跳,还是不跳?

他犹豫着。

恍惚间,有人在叫他:亲爱的张先生……

灯火

一

明山出现在人们视野里,是从一条公路开始的。从莲乡到明山,要穿过一条长长的隧道。隧道尽头,脱离黑暗驶向明亮的一刹那,可以看见一块蓝地白字的路标。和所有地方一样,地名、公里数,连箭头弯曲的弧度都一样,明山不过是被淹没在众多地名里的一个。但自从修了一条公路后,一切都有点不一样了。

顾明山和父亲沉默地坐着。车内空间窄小,空气似乎稀薄得让人呼吸困难。

我都说了我不想回来。顾明山说。他摇着头皱着眉,一条腿伸直了搭在后座上。

窗外是一片白茫茫,自从隧道出来,四周就被浓雾笼罩。从艳阳高照到白雾茫茫,不过经过一条隧道的时间,仿佛一个分隔点,隧道劈出了两种不同的景色。

顾明山因为与父亲吵架,之前光顾着生气,倒是没有注意到。此刻见雾中行车困难,心中忍不住又添了几分埋怨。他本不愿意在这样的日子回来,更不想见到不愿面对的人,努力推脱却还是被父亲拽上了车。

你都多久没有回来了? 凡事总要念些情意,不要做这样冷血的人。父亲说。

车在雾中缓缓前行,轮下碾过平整的柏油,一寸一寸细小石子跳脱出轮胎的声音传入顾明山耳中。一颗在隐忍着逃跑,痛苦的哑声。一颗已然发出尖叫。

顾明山对声音很是敏感, 他埋在黑色发丝下的耳朵努力捕捉那些细微的响动。

雾色攀爬上山,稻田也被淹没在雾海中,一路都在无知无觉中与顾明山擦肩而过。事实上,顾明山对这里可以称得上是一无所知, 一切自他的父亲带着他离开的时候就开始变化。顾明山用力擦了擦车窗,仿佛能把眼前的雾气擦净。

可惜天气不好,今天看不见。父亲呃了呃嘴,说,要知道,这条路修出来不久就成"最美公路"了。

还有多久要到? 顾明山问。他并不想和父亲说话。

半个小时,还有半个小时就能到了。父亲回答。

顾明山"哦"了一声,用非常失望的语气来表达自己内心的不满。他一边看着窗外,一边回忆前几天的事。他怎么就答应父亲要回这里来呢?那时顾明山刚刚结束了一天的工作,在炎热的天里,汗水从他的额一直滑到眼睛里,火辣辣的疼。父亲嘴里含糊着字句,像是含着一颗没有剥皮的核桃。顾明山胡乱地答应了,想要后悔时,父亲发亮的眼睛就慢慢暗下去,看起来让人伤心。

春天的影子像是幽魂,潮湿的感觉一直蔓延到心脏。顾明山看见父亲软啪啪地靠在客厅的沙发上,身上的肉也随之流动下滑,仿佛下一秒就化为一摊水。父亲起身了,水滴汇集起来,他的眉角还挂着摇摇欲坠的水珠。顾明山看见父亲的脚掌砸在湿漉漉的地砖上,他看见他暗下去的眼睛,终究是不忍心。

父亲的手放在方向盘上,车还在往前开。本来明确的路途,在此刻显得这样莫辨,仿佛要开往意料之外的无名之地。顾明山呼吸着这里的空气,雨水伴随着泥土的腥,散发着一种独特的味道。

清慧和他也是在这样的雨后走向那个山头,不过那天是夜里。清慧站在他的身侧,黑暗中他几乎能听见清慧急促有力的心跳声。他向清慧的方向走了一步,影影绰绰一个人影在面前晃动。他轻轻喊了一声清慧,她似乎转过了头。她早已习惯不借助光来判别一切,准确地够到了他的手。他们沉默着一直向上攀爬,野草刮擦在他的脸上,他伸手拨过,等清慧过来后,他就放松手掌,脆脆的草叶继续拦住他们的来路。

月亮出来了,淡淡的银色洒在山上,风一吹,山上四处都是鬼影。那一丛野草挥舞着手臂驱逐他们,可他们到底不敢走得太快。

近处原本有一户人家,但这户人家处处都显得和别人不一样。

听说他们从来不吃饭,没有人在他们家闻到过饭菜香。小伙伴用肩膀撞了撞顾明山,很是神秘地说。

那他们吃什么?顾明山问。

也许什么都不吃吧?怪得很,这家夜里也从没亮过灯。

那这家里应该是没有人的吧?

没有人为什么有鸡?不是他们养的是谁养的?小伙伴一下子笑了。

两人走近了想看清楚,鸡窝里的鸡很警惕地立起浑身的羽毛,燃起细小的眼眸。一只鸡开始叫起来,渐渐所有的鸡都叫起来,十几顶火红的鸡冠齐刷刷对准他们,黑白分明的眼里带着不容忽视的仇视。

跑!

小伙伴如同张开翅膀,两条黝黑的手臂扇动起来,他的双脚在快速的运动中要离开地面。顾明山被他一把抓住了,只得跟着他满山瞎跑。想要开口说话时,他就用风灌满顾明山的嘴巴。顾明山两颊被塞得鼓起,嘴里是风的味道,又腥又凉。他们的影子长出黑色的手足,胡乱在地上爬动。

顾明山显然被吓坏了,他这一夜的梦里一直在奔跑,即便身后没有人在追寻。他想起狂奔时偶然一次的回头,总觉得有人的视线落在他们身上。

后来他知道那是清慧。清慧躲在月光照不到的地方,用惺忪的睡眼看他们鼠窜,然后无声勾起嘴角。

你们居然去过他们家里了!快说说看,是什么样子?一人说。

天啊,那么可怕的地方,你们可真勇敢!又一人说。

在小镇孩子们的眼里,那里似乎藏着不可言说的事物,只要提起都会带来意外,包含着未知的恐惧,因而格外警醒。

二

今天身体又被树枝划破了。顾明山的胆子和鸡蛋一样大，只有在明山他才敢满山腰跑。日头正好时他总是在山间，仿佛这些日子都是在补足他以往不在明山的时光。顾明山闭上眼睛，早起的鸟在他耳朵里吵闹，鼻子里挤入一团模模糊糊的雾。即便多年后，他也难以忘记少年时期在明山的感觉。他低头看见自己小腿上一道细细的伤口，正滋滋冒出一点血。

打开门正对的是一片稻田，顾明山从河里摸来的鱼虾蟹除了喂鸡，有不少都溜进了湿漉漉的田地里。他站在家门前，手里握着一只，啪地把它扔进那一湾浅浅的水里去。无论下去的是什么，很快，它就会摆动着被水吞没，再也找不见踪影。

今天你们还去吗？如果去的话，能不能带上我们？镇上的孩子们问。他们对昨夜顾明山和小伙伴的经历特别感兴趣。

大概他们的描述有些夸张。昨天小伙伴是怎么说的来着？顾明山不太确定，唯一确定的事是那时他们俩都感到威风极了,如同抖搂一个只有他们知道的秘密。大家围坐得很紧,说话只有气声,每个人的耳朵尖尖地竖起来,等候奇遇的降临。

那些鸡——小伙伴比画一下,夜里眼睛冒着绿光。走到哪里它们的眼神就跟到哪里,跟雷达探测仪一样。

幸好我们跑得快。小伙伴惊魂未定似的拍了拍自己的胸脯。

他们什么也看不见。出发的时候特地选在了同样的夜晚,甚至没有月亮,比那天的夜晚更黑,浓重的夜色张大嘴巴要把人吞噬。他们拽着彼此的袖子,几人成了一组,一步一步向黑暗深处挪去。一种力拖住他们,地面黏住了他们的鞋子,偶尔几滴温热的水珠溅上脚踝,他们不由得猜测这是某类野兽滴下的口水。黏性是那样强,有人的鞋子被黏住留在原地。一只手按上顾明山的肩,那人单脚跳起来。

是你吗? 顾明山问。

是谁?

那人的喘气声如此明显,声音却抖得无法辨认,鼻息间喷出野兽的臭味。顾明山也伸出手抓住那人的胳膊,仿佛自己是那人的另一条腿。这只瘸腿野兽一路上紧紧贴着顾明山,他灼热的胸膛有时擦过顾明山的手肘,心脏咚咚击打着打破这一片的寂静。像是在捉迷藏,总是担心着被发现,顾明山想。

差点他们就要永远留在那里。事后那种体验则更加值得回味,这群少年的心从未如此贴近过,他们依偎着的,是世界上仅剩的几个人,除此之外,近乎孤立无援。

正当他们焦急又无措时,房间里的灯却忽然亮起来。窗帘内印着两个身影,一个一动不动,另一个似乎是从椅子上起身了。在灯亮起的那一刻,他们看清楚了周围所有的路。起身的那个人影消失在墙后,一个女孩子从光里走出来。是清慧,他们后来从大人们的口中知道了这个女孩子的名字。现在他们唯一能够清楚看见的是光勾勒出的线条,大抵是一个穿着裙子、披散着头发的女孩子。一只狗安安静静从她的身后冒出一个头,尾巴在地面和墙壁上跳来跳去。顾明山一下晃了神,才看清楚那也是一个影子,竟是自己把自己给吓了一跳。

三

清慧有一个古怪的母亲。有人靠近清慧,母亲就会用她枯瘦的双臂将清慧拉至一旁,但也是这双手,一年四季纳鞋底、织毛衣,然后换来钞票。母亲总是皱起眉头,清慧的记忆里几乎都是她愁眉苦脸的样子。下一刻母亲小小的眼眶里一定要含住清慧,如果没有清慧的身躯顶起她的眼皮,没有清慧的双手锁住她的眸子,她的眼睛也许在某一刻就变成一团水汽蒸发掉了。

罗锅,罗锅,童谣里唱的不正是清慧的母亲吗?词都忘了,上扬的音调倒是在不断循环。她背部的衣服布料每每要被撑裂般紧紧贴住畸形的骨头,下摆却空空荡荡,风吹过就吸食母亲屠弱的身躯。母亲手中的针线几乎没有停止的时候,一直到夜幕使得她彻底看不见了,这才收起手中的活计躺在床上,大约是睡着了。清慧睁着眼睛看天花板,除了一盏大吊扇,就是几块潮斑,黑乎乎如同龋齿上的洞。

清慧母亲很少有出房间的时候,她的生活大约在那几平方米的地方就能够彻底展开,睁眼,闭眼,站立,躺下,她的脚从东边踩到西边只需要十步。这样的日子过了不知几年,母亲的生活倒是显得格外充实。

清慧念书是在镇上的学校,她一般去得很早,一个月回家的次数一只手数得过来。早晨的时候,日光如子弹射入她的眼睛,在汗珠落下时,清慧是很清醒的。一天过去,漫长回家的旅程上她几乎是凭借着肉体的本能在往前走着。从日落一直到黑布悄悄蒙上所有人的眼睛，大概只有清慧是有视力的，在这样的夜晚、这样的路上。她向前走着，她的脚有自己的意识，要转弯的时候脚就自动转弯。她这样上下学已经有些时间了，该说回家的过程早已烂熟于心，路上所见皆已失去新意。

只在这一天，一个透明的盒子平白拦在她回家的路上。盒子的形状像一节火车车厢，长方体，由里到外发着白光。母亲坐在白光里，低头做着自己手中的事，有目光打在她身上她也浑然不觉。她身上的一切特征在此刻经过特殊处理，如此鲜明。清慧看见母亲，鼓足了劲大声喊她，声音却仿佛被隔绝在盒子之外。清慧凑近了瞧，盒子大约是玻璃材质，摸上去冰凉，玻璃内部像是一间冰室，缝隙处透出丝丝凉意。

这凉意在闷热的夏天这样难得，清慧越发想要靠近，就像那天她不顾会被母亲斥责，去拉灯绳。她听见寂静的夜里，有人压低了声音说话。她很肯定那不是其他任何一种声音，即便听起来如同蛇吐信子嘶嘶轻响。清慧起了身，大地和天空交界的地方，是一片深蓝色。躺着的母亲抬起手臂压在自己的眼睛上，却没有醒来。她努力向窗外望去，窗户上反射的昏黄灯光挡住了外面的景象，一只椭圆的灯泡挂在中间。也许窗上还印着自己的脸,清慧没顾上看。布鞋包裹住她赤裸的脚,她走了出去,路过门厅,吵醒了家中的狗。狗摇着尾巴跟在她身后。待她出去时,只看见几个人影一闪而过。清慧眼望着这片暮色笼罩的大地,她的心中在期待着一场日出,那一线金黄会悄无声息地占据远方,然后让她睁不开眼。她转身走进门里去,抬脚迈过门槛。

她继续往前走,却径直穿过了眼前透明的盒子,回过头来,她早已把母亲落在了身后。母亲还低着头,只是这会儿她蜷起手指揉了揉眼睛,手指上的老茧粗蛮地蹭过薄薄的眼皮。母亲在透明的盒子里,这会儿她终于得空抬头,一下子看见了清慧,不由得咯咯笑起来。母亲走过来,一双手把四周的玻璃拍得咣咣响。

母亲说,早点回家吧,我一会儿就回来。

清慧只能说好。近在咫尺的母亲在盒子上喷出白雾,她赶忙用手擦干净,用慈爱的目光看着清慧离开的背影。清慧的影子拉得很长,长得像是地上又生出另一个清慧。她不再是孤零零走在路上。她调整好自己的姿势,好让自己的手牵住影子的手。影子走过的地方有着一个又一个黑坑,踏进去应该能进入另一个国度。

那里每个人都长着一样的脸,你和我,他和我,大家都是如此。影子说。黑乎乎，模糊的五官，清慧看过去，都是复制粘贴一般的黑色人影。

一道声音传来，清慧看去，原来是一只萤火虫，此刻正在她的耳侧闪烁。

大概是呼吸的频率不一样吧。还有气味，气味也是不一样的。它说。

有什么不一样？清慧忍不住问。

遇到不同事情呀，每个人的反应都不同。有的尖叫逃窜，有的不动如山。你看他们胸口的起伏……那萤火虫憋了口气让自己变得更亮一点，说，总之你仔细瞧瞧。

它似乎在催促她，清慧明显感觉到了，于是她睁着眼睛不敢眨，照着它的话十分努力地看。

果然萤火虫所说的能够让她清楚地感觉到那些个体之间的差异。

一些气味飘进清慧的鼻间，先是一阵淡淡的花香，甚至能够闻到雨水的气味混入花蕊中，格外清新。逐渐这花香越发浓烈，一种过熟的味道。再来则像是果实落在地上腐烂，散发着似甜似臭的味道。

这想法挺有意思。清慧说。

不是想法，是事实。它纠正她，预备说一些大道理。难道你要说这是你的心理作用吗？

清慧厌倦了它的喋喋不休，挥舞着巴掌把它拍到地上去。

萤火虫消失在了一片黑暗中，声音却仍旧传过来。清慧看过去，声音传来的方向是草丛之中，也许是张大嘴巴的一朵花。不管它如何叫她，清慧都当作没有听见。

清慧干涩的眼睛因为看见光亮而开始流泪。那是一片熟悉的村落，有蝉鸣声回荡，每长鸣一声，就有一些灰尘落在清慧的心间。她一栋房子一栋房子地数。一、二……数到村里人家灯照不到的地方，那里就是清慧的家。

四

你也能看到那个盒子，对不对？清慧问。

她看见那个盒子在路上，而顾明山抬脚绕过了它。她几步追上顾明山的身影，先开口问了盒子的事情。

顾明山有些惊愕地回头，问，你是谁？

眼前的女孩乌黑的头发一直垂至腰际，她穿着蓝白色校服，似乎有些眼熟。

前些日子你不是还和几个人一起跑到我家来了吗？

原来是她。顾明山想。那天夜里跑得飞快，没有看清楚女孩的样子。

对，是我，我叫清慧。她说。

顾明山不知道该如何介绍自己，在轮到说明自己身份的时候，他突然不知所措起来，词语在脑海盘旋，就是落不下来。说这个不对，说那个不妥，支支吾吾了半天，还是身旁的小伙伴帮他补充了几句。他一边点头，一边称是。清慧邀请他去她家坐一坐，兴许能留下来吃个晚饭，不过主要还是想问关于盒子的事情。

顾明山明了，随即答应了，托了小伙伴去和外公外婆说不回去吃饭，然后跟着清慧去了她家。

清慧带着他往村子边缘走，然后逐渐迈上爬山的路。顾明山觉得有些吃力，但没有说什么。白天走这条路到底和晚上走是不一样的，眼下温度有些高，他把袖子往肩上捋了捋。地势越来越高，他想知道自己究竟到了哪里，于是抬眼往四周看看，除了眼前这条黄褐色的小路和两侧的杂草，什么也看不到。

过了一会儿，终于到了清慧家。清慧引他进去，他抬脚正路过清慧家的鸡圈，一声又长又亮的打鸣声把他吓了一跳。

顾明山转头，一只公鸡气势汹汹地盯着他。

别这样，回你的窝去。清慧皱起眉头，公鸡却仿佛听懂了，立马扑腾着翅膀走了几步。

你第一次见到这种盒子是什么时候？你在盒子里看见了什么？清慧问。两人边走边聊起来。清慧撩起合上的门帘，一束阳光洒进黑黝黝的屋中，如同凿穿了一块坚冰。

你在盒子里看见了什么？她又问。

顾明山仔细回想了一下，发现记忆中盒子的出现并不使他恐惧，反而倍感亲切。一团昏黄的光笼罩着他这段难以忘怀的经历，连同此刻眼前清慧的脸也变得柔和。

那天，我和他们闹了不愉快。顾明山说。清慧知道这里的他们指的是和顾明山玩在一起的几个男孩子。他们把我扔在路边，那天晚上非常安静，我也非常害怕，非常……怎么说呢，真是不知道该怎么办。顾明山一连用了好几个“非常”。

盒子出现的时候大概是在一个岔路口。我不知道要往哪里走，在那里站了很久。我对这里不熟悉，天一黑根本分不清哪条路是我过来时的路。

盒子里有好几个人在看着我。一开始只听见他们在叫我，走近了就看清楚了是谁：我的爸爸、舅舅、爷爷、奶奶。

怎么回来的我已经忘了，我一直朝着他们走，走着，走着，那个盒子消失了，这时我发现自己已经到了家里，从来不曾出现过一样，那时我也没当回事。

清慧低头沉思了一会儿。他们决定一起等待下一次透明盒子的出现。

直到他们再见到盒子，里面竟涨起了水。盒子中的景象也随之变化。两岸是肆意生长的草，草叶偶尔垂下身子划过水面。一个人在水里倒立，双腿竖起来对准蓝幽幽的天。他的脚掌泛着淡淡的红，不一会儿把鼓起的腮帮子从水里拔出来。清慧和顾明山有些讶异地对视一下，接着看这人。等到他站起身来，水似乎退了下去，堪堪到腰部的高度。再来则是水渐渐呈现为固态，像是放了蓝色素的果冻。那人扑在上面开始游动起来，一些碎屑从他的手边飞出，是晶莹的蓝色。

清慧觉得这景象有些眼熟，在脑海里搜寻了一番之后拽着顾明山到了穿过明山这地界的河边。这河边果然与盒子内的场景十分相似，岸边灰黑的泥土和在风中飞舞的枝叶都与他们看到的一样。之前明山曾发过一场洪水。看似温和的雨水汇在一起，气势汹汹地把明山淹了一遍。对此清慧和顾明山都有些印象——庄稼是受灾最为严重的，万幸的是家家都平安。透明盒子里出现的事物大约也不是毫无来由，最起码与他们所知的现实有所关联，这是他们目前能够想到的所有。

五

某一天清慧也出现在盒子里了。

怎么样才能让你出来？顾明山感到有些头疼，清慧却待在里面静静地望着他，而后摇摇头说，就让我待在这里吧。清慧那天穿着白色的衣裳，衬得她脸色有些发白。她挺直了背，端正坐在盒子的角落，以便和顾明山说话。

你是怎么进去的？顾明山固执地想要理清楚事情的来龙去脉。

和清慧相熟之后，顾明山也丧失了夜间和伙伴们去探险的乐趣。他指挥着清慧家的狗在伙伴们执意上山时吼叫，然后和清慧躲在屋后头偷笑着看他们逃窜。清慧有时会提起往日顾明山的狼狈相，气得他一时半会儿都不想与她说话。此后他们时常待在一起。他们在一块好似那样莫名其妙，他们想的似乎也都是别人听不懂的事。

他们遇见过躺在水面上晒太阳的鱼，一见到人就翻身装死，一动不动。顾明山走过泥泞的河岸，失去了两只钳子的螃蟹爬行过来，冲他发脾气，还故意踩了顾明山的脚趾。

只是还没有想明白这盒子究竟从何而来时，顾明山许久不见的父亲忽然回来了。

父亲一改往日严肃的模样，手中还提着他向来不屑的水果和饼干，一见顾明山就咧嘴笑。他领着顾明山来到山上，招了招手示意顾明山身侧的清慧也跟着来。清慧那天穿着一件绿色的外套，宽松的样式。那时正是雨后，山路光秃秃露出深褐色的泥土，两侧的杂草像拦路的小刀。到山上，清慧转过脸去，暗暗红了眼眶。

你是清慧吗？和你父亲倒是长得像，不过还是更像你的母亲。顾明山的父亲说。

顾明山顺着父亲的视线去看清慧，从她清秀的长相里好似看到一个比他们大上二十几岁、头发花白的男人，那男人在床上翻来覆去，愁容满面。

这里就是明山。顾明山到了山顶眺望连绵的青山时，方有了这个认知。明山不过是众多山里的一座，像一个瘦削的、脚步蹒跚的老人，紧紧跟在子孙身后般，明山只是由着他们的速度前进着。这里是明山，从东到西，不甚明显的界限展露在他们眼前，模模糊糊。

肉垂像一个红色的气球。清慧家的鸡踩着落叶出现的时候，尖嘴上还叼着一条扭动的虫。见了顾明山的父亲，公鸡晃动的红色肉垂似乎下一秒就要破裂般膨胀起来。它的脚掌连接处凝着一团胶状物体，在抽离地面时拉出一道道黏稠的痕迹。顾明山的父亲抢先一步，鸡就要飞到顾明山面前时，他捉住了鸡的脖子。

父亲的到来让顾明山有些欣喜。顾明山的父亲来往于几个城市之间，在老家的日子并不多，顾明山心中有了估算，父亲这次来是把他带回家去的，他在明山已经待得够久了，暑假马上就要过了。等回去了，明山的一切就会被他塞在记忆的角落中，直到有关明山的人、事再次出现在眼前，才能够触发他寻觅过往的冲动。

几人挖了两袋子野菜，让清慧带回去，清慧却摆摆手说不了，她们家不爱吃这个。末了，她还是提了一部分。她一手拎着那只鸡，一手拎着上午摘下来的野菜。下山的路上太阳很毒，反射的光不容人拒绝就袭入眼睛，刺得她眼睛发疼，险些流下眼泪来。

此刻清慧在盒子里坐着，脑中想起自己的父亲。自己的父亲是笑着的，一如照片上，半长的卷发，穿着老款的牛仔外套，一遍遍在她梦里出现。露出锋利牙齿的兽在风声中就要跌落山崖,雨水积蓄起来,父亲抓住鱼的尾巴,随着鱼一起跃入了水中,从此再也没有回头。

清慧抚摸着腿上的疤痕,这是她在某次跌倒中留下的。一道浅浅的白色,默默刻下的是那一年的记忆。那场大水与她有什么关系吗?她却宁愿这是曾经父亲给她留下的。也许他是一个英雄,也许他是一个赌徒。某种层面上来说,他也的确是——他骑着那条野蛮的鱼,走进了自己的园地。

她与顾明山此前从未见过,顾明山的父母偶尔也回过这所谓的老家几次,顾明山则是在城市里长大。

你为什么会来这里?清慧曾悄悄问顾明山。

顾明山笑了一下,说起自己买过的一个玩具。玩具是曾经在学校流行过的,通常是一个透明的盒子,几只黑色的蚂蚁在其中爬动。盒子外包着一个纸盒,买后的第一件事是猜测里面装有几只蚂蚁。它们永远无法闭上嘴巴,要是想要移动,它们就得忙碌个不停。在散发着荧光的蓝色凝胶中打着孔洞,连成条条细小的管道。顾明山的耳际被声音包裹,蚂蚁伸出触角的嗅探、腿的抬起放下,回荡成一片巨响。

大概因为我生病了,生病的人要来明山,这样心情会好点。顾明山这时才正式回答清慧的问题,隔了几秒又添上两句,我老是觉得少了些什么,可怎么想都想不出来究竟少了什么。我去游泳的时候,耳朵忽然有点问题。

顾明山年纪更轻些时喜欢去游泳,学校放了假就一头钻进游泳馆的池水里。水轻轻抚过,于缓慢的波动间钻入了他的耳朵。那时他听见的是什么呢?闷闷的人声,连汽笛都钝钝似生锈的铁刀。逐渐丧失的听力也许和水有关。他不知为何治了又治却始终不见好,只得回到明山,是村口的鞭炮声打开了他堵塞的耳朵。

那你现如今还有什么病呢?

听到问话的顾明山笑而不语。

清慧回到家不久后她的母亲也回来了,她的胳膊上挂着一件咖色呢大衣,长长的衣摆被她捧在怀里,如同抱着一个赤裸的孩子。

她问,你几时回的?

清慧说,老早就回了,一直在等你。

其实清慧说了谎。母亲身上带着冷意,她从水壶里倒了一杯热水给母亲,母亲摩挲了几下杯壁,然后放在了桌上。灯光穿过透明的杯子,散落在房间里。清慧的母亲也这般散落在房间里大概是在一个夜晚。那段时间她时常感觉饥饿,肚里空空的感觉难以忍受,于是在月色暗淡之际会趿拉着拖鞋走向厨房,越吃越饿,越吃越不满足,仿佛有什么在她的心头挖下无底洞。她伸长脖颈，云朵就会离她更近。她吞食着一朵一朵轻飘飘的云，有时她也摘下来放进锅里煮。一煮就散开，锅中以天空做底味，云朵化进滚烫的水中，汤汁越发浓稠。

第二天，清慧发现母亲不见了。她仔细地回想了一下，母亲离开前睁着眼睛久久地凝视着天花板，眼珠子偶然转动一下。清慧坐在床侧，破天荒那天母亲在夜晚打开了灯，灯光映在母亲的眼睛里，像是一簇火苗。

六

顾明山找了块地坐下，没顾着看自己的黑裤子是不是沾上了灰。清慧蹲下来面对着他。我的母亲在盒子里。清慧说。顾明山去看不知何时出现的盒子，里面空空的。清慧马上又说，她的确就在里面，她也许正在看着你。我的父亲也在盒子里，不过随着时间的流逝，他像是水一般，在炎热的夏天蒸发掉了。顾明山不置可否，道，是吗？

他和清慧再次在夜晚里攀上这座山，他们的手指紧紧相扣。山间莹莹浮动着一盏盏灯火，如同只只闪着光亮的眼睛，笨拙地悬在上空，一半轻盈，一半沉重。山在黑夜里看起来很矮，像是墨汁层层叠叠堆在远处，露出不规则的轮廓线。顾明山感觉到一种漆黑的氛围，不是从视觉上，而是身处一个密闭空间的心理感受。没有生机，没有波动。

清慧放开喉咙喊，再见！她是对着这无言的山川喊，亦是对着那匆匆逝去的河流。母亲就是山中某一棵树上的一片叶子，她赤着脚丫，某一天来了，气势汹汹从天而降，砸了清慧一下，要给她做一辈子的母亲还债；某一天走了，又是随水漂走，无声无息地，你管不着她要去哪里。生命是从遗忘开始的。从生命的起点到终点，遗忘始终伴随着走向更深处。不要靠近那个盒子，它会把你有的一切都夺走，不然，你就时常把它拿出来看一看。于是清慧决定时常花些时间想一想母亲，即便想起来的时候复杂难言的感情会涌上来。

顾明山和清慧并排站着，终于他们分开了相握的手。他们像一对双胞胎，逼出清慧的泪水，下一刻顾明山的脸上也有藏不住的泪痕。这算心灵感应吗？清慧心中的感受如此准确地传达给了他。他们手中捧起空气，慎之又慎地铺在泥土上。清慧叫他小心一点，顾明山点了点头。他们有着不同的分工，一个铲起泥土，一个就负责压平。有点潮又有点黏，黑夜里看不清泥土的颜色，手指却鲜明地体验到了何为"存在"。存在只有感受到令人讨厌的事物时才最鲜明，心头仿佛笼罩着某种崇高又敬畏的情绪，随着机械般的重复消散。

现如今在盒子里的人是清慧了，顾明山看着盒子里的她。清慧说，和你讲讲我的父亲吧。父亲是像水一样看着温和却又令人畏惧的人。某一年他跟随着一只从未见过的老虎出了明山，不知去了哪里……也许他变成了远方的一棵树，他的话语却始终和她缠绕在一起。他留下的只言片语，她却始终没有忘记。那是十四岁的清慧，瘦弱且执拗，留着半长的头发，用黑色皮筋扎成马尾。有时夜里她躺在床上，望着远处的灯火，微弱又温暖的亮陪着她静静地睡去。

眼前的清慧已然看不出年纪。她的周围闪烁着霓虹灯，她的半边身子正在挣扎，脚步却始终不停。仿佛也要融化到透明盒子里去。盒子四周是广告牌，母婴用品、中学教育、职业培训，还有各种各样的数字和末尾处那个小小的"起"字。一张张从眼前刷过。清慧看起来累得很。虚无缥缈的一切、陌生的事物，一块块广告牌像是方方正正的、沉默的墓碑。

你看得见吗？顾明山想问清慧，但上下嘴唇触碰了好几次，还是没有问出口。他看到清慧直直望着他的眼神，忽然也觉得不必询问。

总会有新的人进来的，清慧说，也许我有了新的母亲，年纪轻轻，双眸里是有不一样的活力。我大约知道什么会出现在盒子里了。你早点回去吧，在这里待着也没有任何用处。

顾明山独自走下山。他穿过小路边的草丛，几只苍耳咬住他的腿，然后挂在了他的身上。他迈开双腿努力走着的同时，东方离破晓大概已经不远了。他将忘记这个平平无奇的夜晚，忘记和他一起玩耍的女孩，记得的只有那个透明的盒子而已。他的身侧穿行着几只小小的萤火虫，它们努力让自己更亮一点，照亮他下山的路。他心头牵挂着那个透明的盒子，恍恍惚惚走了半程山路竟是一点也没有察觉。小河流水的声音、风的声音，逐渐拼凑出明山的模样。母亲为他取名"明山"，她对明山这个她生长的地方总是难忘的。

透过盒子的壁，明山上人家们亮着的电灯一盏盏被拢进这方寸之地，仿佛它们跳跃在盒子里。点燃的、模糊不清的灯火，短暂闪烁着，呈现出一种安静又浪漫的氛围。四处是燃烧的灯火，一盏盏飞向远方。一个盒子紧接着另一个盒子出现，无数个盒子飞上天空，背后站着一个又一个人，背影，侧脸，系在脖颈上的丝巾……顾明山虽已认不出究竟都是谁，但在那匆匆而过的几秒钟里，足够他去思索与回味。

他轻声说了句，再见。

七

　　大概是车轮轧过的地方不太平整，或是减速带非要车上的人像烙饼一样翻个面，车窗也晃动得不行，顾明山看见车窗上的一块污渍在努力挑衅，怎么擦也擦不掉，就像那样奇异的场景，只要寻到某个触发点，甚至会经由想象添油加醋，变得越发奇异起来。

　　父亲放慢了车速，顾明山由此能够细细打量窗外的景象，路旁的绿植像是喷漆绘出的一道道绿色的笔画，随着车速的变化，那绿色星星点点散落，从叶片的缝隙里能看见天空，一团团不均匀的白色，无数的人在天上跑动。偶有身形修长的狗尾巴草不谙世故，冒出头来。

　　我们下车走走。我记得路边是有山泉的。父亲瞥了一眼后视镜，开口道。

　　视线一下子定格。窗外移动的景观此刻变得不再模糊，十分清晰地展现在了两人的眼前。他们下车找了找，最终在离路边不远的山脚下找到了一个流动着的山泉。

　　泉水都汇集在一方方正正的池子里，水在此处经由一根水管从山间缓缓而下。日光也随着掉下来，一段在山间尚未长成的竹林上，一段在山脚这流淌出的泉水上，还有一段躲进了顾明山的发间。山泉水绽放在舌尖，有种淡淡的清甜。方才的慌乱与迷茫让顾明山偶尔能够触摸到多年前在明山度过的时光，他掬起一捧水洗了洗脸。

在那一天，顾明山愣愣地看着好久没见过面的父亲，像看着一个陌生人。他从眉眼一直看到父亲脚下踩的黑色皮鞋，鞋跟处还沾着一点黄色的泥。父亲伸手想将他拉过来两人比比个子，他却不知怎的退开一步。那时的父亲与现在的父亲不同，但都让他感觉到熟悉。

清慧又去了哪里呢？他肯定他与清慧曾共度过那些时光，也肯定一些事情的发生，但已记不清这些事情究竟是发生在自己身上还是别人身上了。

明山！水从泉眼里冒出，砸在近处的石板上，发出的声音让顾明山恍然以为清慧在叫自己。他低头一看，她的笑脸在波纹下浮动。顾明山忽然明白自己不必再去寻找清慧的身影，他与清慧无甚分别，她远在天边，近在眼前。顾明山感觉自己正从一片蒙蒙中醒来，睁眼时雾已散去，大脑仍旧混沌一片。

父亲说，还有一公里就到明山了。

顾明山想拉长这段距离以便能在车上好好将事情想清

楚,但车已快速在"最美公路"上飞奔了起来。

你记得清慧吗?顾明山犹豫着开口道。

清慧?你说的是谁?好像听你说起过。父亲诧异地转过头来。

顾明山看着眼前的公路。也许这条路会把他带去很远的地方。夜幕正降临,远处似乎亮起了灯火,把天染成了淡淡的橙黄色,它们看起来又很近,似乎下一刻就能围绕在他的身侧。父亲前几日说起自己莫名其妙的腰疼,老是记不住的事情和没有放松过的眉心。

他要去见他永不再见的母亲,顾明山一边想着,一边转头仔细瞧着,要把坐在自己左侧的父亲和窗外这条公路深深印在脑海里。

独自在夜晚的海边

一

落日又一次咬上他的手指时,他提了提裤子,穿过充满机油味的动力室,在一片漆黑中,听见尿液浇在长时间工作的柴油发动机管道上,发出悠长又细微的滋滋声。

他已经坐了很久。两耳内的神经如同被抽出耳室后又塞入了太阳穴中,听不见争吵,听不见其他任何声音,只有哐当哐当,火车的巨型双腿在褐色铁轨上的踏步之声。从噪声到有序,只需要人的一点生理反应就可以打败周遭一切的琐碎,他暗笑。

此时正值春季,大片大片的绿正于铁轨两侧匆匆侵入,是常见的道路绿植。微朽的枕木在火车开过来时仿若一块块颤动不止的多米诺骨牌,令人晕眩。火车长蛇般笔直行过一段距离后,沿着轨道开始向右拐,进入隧道,进入站台,又匆匆驶离。加速,减速,启动,停止,永远在路上的火车。这使祁远想起白天咽下的食物在肠道里运动的景象。这辆火车从他的口腔开动,在阿秀一筷子接一筷子的劝说下进入了他的胃。

多吃点。上班这么辛苦。阿秀说。她站在饭桌前不肯入座。厨房到饭厅就是她的整个世界,兜兜转转也出不去似的,她还没有摘下身上的围裙。节日的到来让祁远在颠倒的昼夜里吃到很好的一餐。整个家里都是饭菜的香味,她的围裙上尤甚,她手上端来祁远炒好放在灶旁的菜,不留神围裙的一角蹭在儿子的脸上。小家伙皱了皱眉,然后默不作声往后挪了挪。

是啊,你们也知道,总是熬夜,夜班一上,第二天大半个白天就都没有了。阿秀偶尔插入客人的话题。接送?小孩接送只有我来,每天早晨极早爬起来做早餐,晚上哄他大半夜才肯睡,磨人哟……

祁远在一旁低头吃饭,像很多时候一样沉默地听着阿秀把自己平日的功劳越吹越大,只偶尔客人要与他碰杯时才端起杯子一边笑一边摇头说,要上班,不喝酒,不喝酒。

火车开出了白天,一直开到遥远的黑夜里去。城市的灯火照耀下，黑夜亦如白昼一般明亮，这种明亮给祁远的发丝镀上一层金色，连带着寸寸皮肤都被照得透明。渐渐地，透过车窗远远洒来的光带给他对于自己身体内部构造的洞察。他看见自己的肠胃内翻涌着混沌的一团。他感知到白天吞噬的肉块在冲撞他的肠壁，以极其不满的姿态。他甚至还看见内部器官在慢慢衰竭，然后逐渐支撑不起肉体机器的运行。

腹痛开始变得难以忍受，额角已然沁出汗珠，但操作台上的绿灯还亮着。好容易挨到下班时间，已然是清晨。他的手在口袋边缘转了好几圈，摸出手机打电话给阿秀，打了两三通阿秀才懵懵懂懂醒来。阿秀说，现在去医院吧，你自己先去。她坚持要把孩子先送去学校，又含糊不清地嘀咕一阵，说，我等会儿来找你。

她来的时候他吊瓶都已经打完好几瓶。是急性胃肠炎。他说。到医院时祁远已经脱水到脸色发青，同事开了车急急忙忙把他送来，又是验血又是等报告，一个多小时才打上点滴。瘦弱的祁远蜷缩在白色的被子里。阿秀从医院食堂买来白粥要喂他喝，他摇摇头说，等下又吐了，吐得到处都是，不干净。她坐下陪了他一会儿，借口说家里还有一堆家务等着要做，说完就回去了。他睁着眼睛不太敢睡觉，怕换吊瓶不及时。

他在几天前和杨珍约好去广场后面的小店喝一杯，这下怕是又要推后了。他已经许久没见杨珍。阿秀不久前和几个老同学去了海南，几张脸挤在镜头前的照片连发了好几条朋友圈。杨珍站在一群人身后，脸部有些模糊。

你和阿秀一起去了海南？

对话框显示"对方正在输入中"。

一会儿杨珍回他，李维苏带我一起去的，倒是没想到会遇到她。

他们是初中同学。倒是我们很久没见，有空一起喝一杯？

行，老地方。

他回了一个 OK。

二

得知李维苏和杨珍在一起的时候大家都很惊讶。李维苏从学校毕业时已经是当地小有名气的摄影师，靠着约拍赚钱，在念书期间就把想去的地方走了个遍，一毕业就开了个小照相馆，日子过得自在。他的前妻在一场火灾中重度烧伤,全身的皮几近换了一遍,在医院里躺了一年多才终于出院。然后没过多久,李维苏就和杨珍在朋友圈里宣布了喜讯。前不久他招了两个小学徒,小照相馆更是好些天才去一次。祁远带着儿子去他那里拍过几次证件照。小家伙平时龇牙咧嘴的怪表情在拍照时好上不少,一双眼睛在镜头下显得又圆又亮。

祁远清楚地记得,自己二十六岁时,阿秀敲响了他家的门。那天她涂着口红,劣质的脂粉香让他隔开几步去看她。她的嘴唇凸起,一抹鲜红让人觉得阴森。她这样的女人,不漂亮,却格外有勇气。

他让阿秀坐下,阿秀左手放在小腹上,做出防卫的样子,慢悠悠地把自己在椅子上摊开。她整个软下去,像是一团泥。她拿起他在桌上写下的硬笔字,一撇一捺都恰到好处,但墨香下有怎么也掩盖不住的软弱气质。

他问,赵秀雨,你想怎么样?

阿秀肥胖的脸上涓涓流出笑意,她伸出了右手,无名指微动,只等待祁远给她戴上一枚金戒指。

接下来的几天,祁远把自己关在房间里,拒绝见任何人,尤其不肯见阿秀。可阿秀有的是办法见他,她扬言要去祁远单位拉几道横幅。他从猫眼里看见阿秀的脸,无奈地扭动了门把手。

进门没多久,她就掏出一袋装好的梨。梨上水珠紧紧依附着黄绿的梨皮,不留神间滚落下来。那个孩子最终也会像水珠一样从阿秀身上滚落下来。他怔怔地看着阿秀,一下子什么话也讲不出来。阿秀叫他吃梨,很高兴地讲婚礼的事情,反正这个女人就是怎么甩也甩不掉的。

李维苏去了他们的婚礼现场,帮他们给婚礼录像。祁远极少去翻看那张光碟,偶尔想起来的也只是杨珍一闪而过的宽大肩膀以及和她本人气质不搭的细高跟鞋。杨珍喜欢女人味十足的打扮,可这打扮在她身上不那么让人欣赏,倒是祁远觉得与众不同。后来儿子出生,一头扎进工作里后,祁远就很少想起以前了。

在医院住了几天,祁远的肠胃恢复正常,便和杨珍在老地方见了面。杨珍说盼了好久家乡的烤串,要特辣的那种。两人坐在红色塑料凳上,杨珍坐下的动作很快,裙角被牢牢压在屁股下。

搞不懂为什么照相机镜头这么贵,前不久李维苏跟我说又买了一个,一万多块,家里镜头一大堆,不知道有什么差别。杨珍搛起几根烤好的金针菇吃下去,说,还是要多撒点孜然。让他给我照相也不肯,一天天对着花花草草拍个没完。你肠胃怎么回事？我可记得你身体从来都很好。

最近吃坏了东西。他嘿嘿一笑说，可能是赵秀雨下了毒。这么说着，心理作用也随之而来，祁远觉得自己的肚子又隐隐痛起来。

你们不是开了间饭馆？杨珍问。祁远答，太累了，开了一阵就关了，还是开火车适合我。不过据说一顿饭商家能赚三分之二的账单钱，也就是说一顿饭一百二十块，起码能赚八十块。那时候赵秀雨天天掰着手指头算。祁远笑起来。按她的计算，不出几年我们就能发家致富。饭馆后来倒是开了，在城郊的一条街上，附近有许多工厂，客源也是稳定的。饭馆刚开的几天，她还帮忙买买菜什么的，热度下去后，每到该开门的时候她就溜去麻将馆。后来我工作一忙，我不来她就干脆不开张。

哦，她好像一贯是这样。杨珍点点头说，我听李维苏说过一些。

凌晨和杨珍告别后，他醉醺醺地回到家，自觉还想喝点，于是就去扒冰箱，从深处翻出几瓶啤酒。阿秀见他要喝酒便骂他，一顿痛骂不带停，险些要喘不上气。肠胃好了没几天就出去喝成这个样子，嫌命长是吗？后来阿秀把他的母亲也一起骂。他浑身冰凉冰凉，只有手中的酒好似变得滚烫,烫得他要握不住。

以往他母亲还会出来劝阻，那时她与这对成天吵架的小夫妻住在一起,承担了许多家务。嘴刁的阿秀几次说他母亲炒菜难吃得要命,嫌这嫌那,说出来的就没几句好话。一气之下他母亲一人回了老家,连珍爱的孙子都不肯带了。

儿子默默走到一旁叹气, 老气横秋地蹲下随手摆弄几下火车玩具模型。等阿秀转身进了卧室,他凑到祁远耳边说想要去海边,原因是上课时老师讲到了拾贝壳。他们都去过海边,就我没有,我也要去。儿子说。他们指的是坐在儿子附近的几个同学。他带着酒气的掌心摸上儿子的头,答应了。

三

最近他见到杨珍的时候变多了。从杨珍决定不离开这座城市开始,她住的小区距离祁远家就没出过一公里。她偶尔会去临近的菜场买菜,祁远看见她,却不和她打招呼。他不远不近跟在她后面, 看见她踮起脚尖躲过地砖缝隙里渗出的污水,手里拎着几块嫩生生的白豆腐。

唯独有一次避闪不及,杨珍迎面走来,他说起儿子想去海边一事。她说挺好,不能只学课本知识,小孩是该多出去看看。两人聊了些七零八碎的，而后好一阵尴尬的沉默。

杨珍干巴巴扔出一句，你知道吗，海水是热的。祁远问，海水怎么会是热的？他和阿秀几年前去过海边，夏天把沙滩都烤软，只有海水是凉的，恨不得一整个下午都泡在海水里不出来。阿秀不敢脱鞋走沙滩，穿着鞋径直走进海水里泡着身子，只露出糊满黑发的脑袋。他拿了相机拍了好些，阿秀总是不满意，后来气鼓鼓自己修了好久的照片。

杨珍嗓门提高了些，说，怎么不是热的？我一点海水都不想沾到，海里游泳就是在盐水里泡着，一出来一身的盐。你还记得那时候我们去，下雨天衣服都湿透了。

到底是不同了。两人对视，眼神中有着相似的感慨。那时的天空灰蒙蒙的，雨丝刮进海里，海水热乎乎没过他们赤裸的双脚，一如他们鼻息交缠间的热，那样令人心动，仿佛还有海水的咸腥味飘进鼻间。两个陷入回忆的人就这样怔怔地站着，直到有人叫喊着请他们让让路。两人退开几步，才发现正站在菜场的海鲜区附近。

祁远心下总是有几分后悔的。他的母亲扯着袖子流下几滴泪，说希望能早点抱上孙子，可这个愿望杨珍无法满足。在父母激烈的反对下，他和杨珍分了手。后来杨珍去了沿海一带，近些日子才有了消息。

杨珍说想回去看看读高中时的学校，听说那里重建了旧书院。路过早点摊，祁远看了一眼蒸笼内，要了肉包子和烧卖，杨珍两个烧卖小口小口吃了一路。早晨路边的车还少，他们并排走在人行道上，身侧是河岸。洒水车喷洒的水花让路面上的灰尘重新活跃起来，杨珍往他这一侧靠了靠，有些温度透过衣服布料传过来，莫名熟悉。

　　从河这岸他们看到河的对岸重建的书院，青褐飞檐下立了一尊古代文人的雕像；转头看这岸，则是一个近代大儒题下的校名，校名石碑旁的大门前，站着两个身着黑色制服的保安。

　　今天是周三，都在上课，看来暂时是进不去。他提议，要不然我们直接去书院里逛逛吧。书院内部还没装修完，他们只得在外围走了一圈，低矮棕树的叶子向四周叉开，巨大的棕心在树的体内无规律地跳动。祁远上了一夜的班，此情此景下不仅毫无睡意，反而觉得自己的心和棕心一样跳动起来。

　　我记得，那时候学校规定一周放半天假，其余日子就把我们圈进教室读书，你经常翻墙出来。杨珍抚了一下额前的头发说。

　　那时候成绩不好，也不爱念书，光是想着吃想着玩了。

他说。

校门口的炸鸡排和饭团你还经常帮我带。说完杨珍的眼珠子一转，似要去寻那几个小店。

祁远想起鸡排店的店主有段时间学起了视频拍摄，就忍不住笑了起来。那时，鸡排店的店主最喜欢把镜头对着一大锅油和浮动的鸡排，用店主自己的话说，这叫出水芙蓉，动感十足。可总是有眼尖的学生看到镜头里会出现自己的身影，传出去后，害羞的学生们都不再光顾，店主由此不得不熄了做视频的心思。祁远看了一下原先鸡排店的地方，发现如今已经成了一家装修精致的卤菜店。

与杨珍告别之后，睡意袭来时，祁远才发觉自己已经回到家中。他的身躯在床上缩成一团，思维却越发膨胀开来，一点一滴的过往，如同密密麻麻的锁链环环相扣，又如同无数双手紧紧相握，握得青筋一根根鼓起，爆发出令人难以承受的压抑。

按照约定，下个假期他本来是要带儿子去海边的，可当他冲口说出"我要离婚"几个字后，海边就暂时没办法去了。他再次提出离婚这件事，像是努力为自己的压抑寻找到了一个突破口。

离婚，呵，你提也不是一回两回了，离就离啊，儿子跟我过。阿秀冷笑着说，一副完全不意外的样子，但随着眼睫抖动几下，几颗眼泪就滚落下来，反正我辛辛苦苦大半辈子，什么苦都吃遍了，这也就是怪我的命不好，为这个家做了这么多，可人家呢，一点不念我的好。我拖地，几天不拖，地板就落一大层的灰，家务事一天天没跑，一样样没少做，我哪有享过一天的福？

阿秀折起手掌，掌根狠狠抹过眼睛，通红的眼眶似含着天大的委屈。她的身躯正对桌上冒着热气的菜肴，儿子坐在桌前沉默地撩菜。祁远今天做了儿子最喜欢吃的红烧排骨，一块块堆在洁白的盘子里，好看极了。

这场闹剧最终在一片安静中落幕。阿秀说要回娘家，简单打包了几件衣服就牵起儿子夺门而去，心里明白，不出几天，祁远就会为了儿子再把他们接回来。

祁远看着少了两双鞋的玄关处，心里有些空落落的。

这种空的感觉与他父亲去世时一样。几年前，他父亲在家中厕所里摔了一跤，很严重的髋关节骨折，当时就躺在地上起不来了。他去扶父亲时，父亲的下巴还沾着牙膏沫，像是海边卷起的白色浪花。最终，父亲在医院躺了半个月还是没能挺过去。阿秀却暗中松了一口气，以后不用再应付这个歪歪叽叽又体弱多病的糟老头了，哪怕日日啥事不做也没有人再念叨她了。

<h1 style="text-align:center">四</h1>

李维苏走了，走哪儿去了不知道，杨珍也不想找。人走得彻底，影都没留，照相馆里两个小学徒都许久没见着师父了。杨珍倒也没有很难过，只在这事刚发生的时候多多少少有点不满，好像她又一次被人甩掉。她总是选不对合适的东西，无论是衣装还是爱情。没几天，杨珍又高高兴兴拎着大包小包在商场逛，脸上的神情天真得可怕。然后她频繁找祁远空闲的时间约他出门，两人满城寻馆子去吃饭。

有一回，杨珍解了祁远的皮带，他宽松的裤子一下滑到膝盖下面堆起来。酒店暧昧的粉紫色灯光下，一张柔软的床铺在两人身体的重心处凹陷下去。这对昔日的情人感到一种说不出口的尴尬。你掀起我的衣服来。她说。他依言做了。杨珍抓住他的手放在自己的腹部，神情温暖又带着悲伤。她皮肤上被冷空气蛰起的细小颗粒，祁远觉得自己永远也不会忘记。

他靠在床头，轻拥住杨珍的肩膀。这肩膀还像很多年前那么宽厚，藏着诸多活力，好像世界上最顽强的灵魂正在他身边,他感觉到和阿秀的不同。阿秀是柔软的,缠绕在他身上的。而杨珍,她这样的女人……祁远正想到这里,杨珍翻了个身,滚进祁远的怀里,一身坚硬的骨头把祁远撞得倒吸一口凉气,也把他的思绪打断。她抬头看他,看他的眼睛里有星光流动,让她想起当初斯文俊秀的青年。

杨珍说自己好像正在悬崖边上,但是一点也不害怕。你和李维苏?祁远问。没领证,只是恋爱。她淡淡地说。李维苏之前那事,你记得吧?她忽然问起祁远,说,当时有人怀疑他谋杀前妻,可最后什么也没查出来。

难怪前段时间李维苏突然找他。他原以为是有关杨珍的事,李维苏却忽然说起自己的前妻。李维苏脸上的疤痕让祁远惊了一瞬。

吵架,鸡毛蒜皮的事,一气之下她把房子给点了。说着,李维苏抽烟的手一顿,说,离了也好。一会儿,他又说,结婚还是得找好的人结婚,别毁了自己。祁远觉得这话有些刺耳,又无法当没有听见,于是闷声推了一把烟灰缸,正好推到李维苏手边。

那你觉得呢?祁远问杨珍。

不管是不是他故意杀人,现在都和我没有关系了。杨珍哼了一声,说,最近他总是一副神神道道的样子,一下说什么生活没有意义,一下又为了张照片跑老远去找朋友,说要拍平常见不着几回的君子兰。文艺青年咯,反正我这种俗人搞不定。

我去上班。祁远起身在衣服堆里翻找。杨珍说有点饿了,又问他是否要去开火车,她也想跟着去见识见识。

和我想的倒是不一样。杨珍在火车头里四处走动。他问,有什么不一样?杨珍看着他,说,你刚才说什么?祁远声音大了一些,说,你觉得有什么不一样?杨珍说,闻到了尿液的味道。他笑起来,问,是不是觉得脏兮兮的?不要到动力室后面去。杨珍站在他身侧,一会儿看他旁边的窗户,一会儿又看看前面,安静下来。她看着两条褐色的带子直着向前,在转弯时又弯成两道顺滑的水流。

火车会不会脱离轨道?万一脱离了怎么办?杨珍问。

祁远答,火车司机可不能出轨。

杨珍一开始没反应过来,等反应过来之后就止不住笑起来,笑了几声停顿了一下。祁远听不出她随后的笑声其中的意味,只听见杨珍对他说,你真好笑。

五

祁远去阿秀娘家接阿秀母子的时候,阿秀的母亲塞了一袋粽子和两瓶装得满满的酸枣糕让他带回去。阿秀拿起一颗酸枣糕让他吃,酸枣肉经过处理变得又酸又辣,他一口咬下去被核硌了牙,只能含着一点一点吃,腹痛的恐慌稍稍上来。儿子紧紧抓着他的衣角,说下一次假期一定要去海边,一副见到他高兴得不得了的样子。

阿秀的母亲,一个劳累了一辈子的女人,当她伸出那双手将东西递给他时,他看到一双粗糙得过分的手。祁远又去看她的眼睛,去看她的头发。是否在李维苏眼里自己也是这样?这个念头的出现让他莫名其妙,他怎么会忽然想到李维苏呢?

我妈说让我们好好过日子。我也确实是这么想的,这辈子,就这样过吧。阿秀说,好好工作,看着儿子以后考上好大学,然后我们变成老人,看着儿子成家立业。

接着阿秀又说,不然我们把妈也接回来吧?她一个人在乡下老家,传出去也不好听。

我们彼此都冷静一下。祁远说,过段时间再让她回来吧,确实一个人在老家也没个人照顾她。犹豫了一下后,他还是走过去拥抱了阿秀。这个拥抱让两人都有些不知所措。他的双臂环着阿秀,她没有抗拒。

阿秀闻到了他身上的味道,是清新的沐浴露香味。

阿秀觉得每个女人都有成为侦探的潜质，比如现在的她就拥有较强的侦察能力。她用力眨了几下眼睛，眼角显出几分刻薄。

六

他最近与杨珍的联系渐渐少了。一来确实工作量有所增加，二来家庭内部的琐事让他无心再去想起她。杨珍安静了一些日子，最后索性联系了祁远后直接跑到了他家的小区。她第一次进他家的小区，问了几个人才找到在小区深处的十号楼。祁远也让她过来，说还可以陪她在楼下散散步。

祁远的母亲这天很高兴，她搭上了老家邻居的顺风车，邻居还把她送到了小区门口，还帮她把随身的包裹拎下了车。走进小区大门，她又发愁又带着得意，阿秀的让步她是看在了眼里的。她的腿脚不太好，走在路上要费些劲，随着年纪越来越大，她的视力与听力都有所下降。前方一个女人的身影总是萦绕着刺眼的日光，让她看不清楚，但和儿子多年前的女友有些相似。

祁远下楼时，母亲和杨珍几乎是同时到达十号楼下面的。他有些诧异母亲比说好的日期提前了一些回来，伸手指了指杨珍说,妈,我朋友今天有事找我,我和她出去一下。

杨珍一直低着头,他看不见杨珍的面容,等两人走到小区一处无人的角落时,她默默抬起头,眼睛一眨不眨地看着他,睫毛有湿过的痕迹。她说,你知道吗?当年你的父母本来不知道我的身体状况,你当初也说孩子的事情得看缘分,你不是那么看重。可是后来阿秀不知道怎么知道了,她去找过你的父母。

杨珍低沉而沙哑的话语,在祁远听来却不亚于平地一声惊雷。他目瞪口呆地看着杨珍紧紧咬住的嘴唇,只觉得全身的血液一点一点冰冷下去,让他四肢僵硬,头脑一片空白。

回过神来,祁远感觉有什么炙热的东西在他的内心迅速膨胀,那么猛烈,憋得他喘不过气来,他无法描述自己的感受和想法,仿佛世间的一切都从此刻开始停摆,仿佛老天爷从头到尾跟他开了一个天大的玩笑。他恍恍惚惚看见阿秀从小区外面走到十号楼的下面,一只手里拎着一个塑料袋,另一只手嘀嘀嘀地按着门禁锁,铁门啪的一声打开。他上前抓住阿秀手中的塑料袋。阿秀挣扎着,凶着一张脸与他争吵起来,一开始她还躲避着他的提问,后来索性仰起脖子承认,像是牢牢把握住了他的命脉,一副无所畏惧的模样。

一个夜晚过去,又是一个夜晚来临。阿秀的胸口在棉质睡衣下起伏,她闭着眼静静靠在墙壁上,半张着嘴巴,像是睡着了。祁远轻轻一推,就让阿秀闭上嘴巴。他在穿衣镜前站了一会儿,整理了一下身上的制服,然后提着箱子出门。他坐上了熟悉的列车,脚步中带着些许轻盈。

似有咸腥的气味在呼吸间穿梭,世间的粒子一颗颗滚动着凑近他的身体,却不肯拥抱他,让他辨不清去路。第一次驾驶火车时,他觉得操作台十分复杂,精密程度与人的身体构造不相上下,但长久的学习让他有足够的勇气把火车开下去。火车头后面的一节节车厢里,上上下下,人来人往,人们在各自的旅途中做着不同的梦。曾经他幻想过和儿子一起在海边待到灯塔亮起的时刻,他们可以忽视平静海面下隐藏的锋利鲨齿,在海边唱歌,只想起美好的事物,以后每当想起这个在海边的夜晚时,生活的每分每秒都会有意义。

他睁开眼睛,看向前方,夜已经黑透,火车正在轨道上平稳运行,笔直的路线将他脑内的海水分作两半,没有星星的夜空张牙舞爪如同游动在海里的怪物。雪亮的车灯像一把利剑撕开浓重的夜幕,铁轨、枕木、两边的绿植飞速向后倒退,有什么遁入了更深的海水中。他看见了海岸边的身影,只有他自己的。